JN067648

小鳥たちの巣
―新米諜報員と寄宿舎の秘密―

Momiji Kouduki
高月紅葉

CHARADE BUNKO

Illustration

九鳥ぼぼ

CONTENTS

あの夏、彼らが見聞きしたものは、人心の裏でたゆたう陰湿な欲望の果てであった。

冷たい石造りの時計塔。

謎めいた模様の盤。闇に揺れた、琥珀色の光。

話し声に交じる吐息の熱は孤独な少年たちを蝕み、未成熟な心身が無慈悲に貪られる。

彼らは、息をひそめた。

触れた手指の汗ばんだ感覚に理性を繋ぎ、ひとびとの助けを待った。

手に残ったもの。それは、恋だ。

いまなお、彼らの胸に刻まれる、孤独の果て。

ひとりはひとりに出会い、ふたりになった。

湖畔の木陰。きらめく日差し。アーチを彩った夏薔薇の色。

彼らが経験した、ひと夏の話をしよう。

【1】

山あいを抜けて吹く風は、学園を取り囲む森の木々に遮られ、そよ風へと変わる。

生徒たちはにぎやかに行き過ぎ、教師に伴われた季節はずれの転校生を振り向く。好奇心で満たされた瞳は、太陽の光を弾くようにキラキラと輝いていた。

グランツ・ブリューテ・ギムナジウムは、東欧の小国・グラウデンの国境近く、ロシュティの村から見上げる山の中に建てられた九年制の全寮制男子校だ。十歳から十九歳までを対象とした中等教育機関であり、上流階級の子息たちが大学進学を前提に学んでいる。

「これで一通りの案内が済んだ。なにか質問は？」

手短なツアーを終えた寮監督の男性教師が言った。指先で押し上げた眼鏡以外、目立った特徴のない中年だ。

「いいえ、ありません。ブラント先生」

向かい合う少年はハキハキとした滑舌のいい口調で答えた。

毛先だけワンカールした栗色の髪がさらさらと動く。

オレンジがかったアンバーの瞳は神秘的で、二重まぶたにびっしりと生えたまつげは絹糸のような髪と同じ栗色をしている。

まっすぐに見つめられた教師が、あたふたした様子でハンカチを取り出し、額に浮かんだ汗を拭った。

「それはよかった。きみは物覚えがいいようだね。じゃあ、寮へ戻ろうか」

「あの……少し、探検してきても、よろしいですか」

教師のあとを遠慮がちについて回っていた少年は、好奇心を隠さずに表情を輝かせた。

教師が意外そうに目を細める。

「かまわないけれど、寮まで戻れるだろうね？」

「はい。『第一寮』ですね。見失ったときには、だれかに尋ねます。案内していただきまして、ありがとうございました」

そつのない礼を述べた少年は、行儀正しく頭を下げる。

「それじゃあ、行っておいで。あの小道の先は薔薇園。向こうは小川に続いている。あちらのずっと奥は湖だ。森に入ると迷ってしまうから、気をつけなさい。寮へ戻ったら、監督室に寄って、声をかけるように」

広大な敷地を手短に説明した教師は、どこか名残惜しげに腰を屈めた。少年の顔を覗き込むが、対する若い心はすでに冒険へ出かけていた。

古めかしい石造りの建物を眺め回し、どの小道を選ぼうかと夢中になっている。教師はぎこちなく微笑んで立ち去った。

少年の視線が景色から戻り、遠ざかるジャケットの背中を見送る。今日からミラン・シエーファーと名乗ることになった彼は、背筋をぴんと伸ばして歩き始めた。

行き交う生徒たちが喧噪にまぎれて寄越す好奇心の、純粋さに隠された刃のような視線にも臆することはない。

彼らもミランも、まったく同じ制服を着ていた。

胸の開きが狭い紺のダブルブレストブレザーに、折り目正しくアイロンのかかった紺のズボン。ミランのブレザーの襟には八年生を示すバッジがつけられ、白いシャツの首元には紺色の細いリボンタイが結ばれている。下級生のズボンは膝丈で、中級生から長ズボンになる。八年生へ編入したミランも長ズボンだ。

画一的な制服に身を包んだ生徒たちは、一見すれば個性が失われている。

ミランはなにげなく彼らを眺め、やがて髪の色や顔立ちだけではなく、雰囲気にも個性があることを感じ取った。これほどたくさんの、さまざまな年齢の少年が居揃うさまを見るのは初めてだ。大人の中で育ち、大人と共に過ごしてきたミランは、ほんのわずかな違和感を隠して彼らに背を向けた。

薔薇園をちらりと覗いてみる。瑞々しい葉に囲まれたつぼみはまだ小さく、取り立てて見るべきものはなかった。場所の確認だけを済ませて、次へ向かう。

真逆に位置している小川よりも、風光明媚と謳われる湖を見たくなり、通りすがりの下級生に声をかけて道を確認した。

彼らは一様にきょとんとした表情になり、変わった上級生もいるものだと言わんばかりに目配せをし合う。それから、たどたどしい道案内を告げた。舌っ足らずで早口で要領は悪かったが、小鳥がさえずるような変声期前の高音はほのぼのとして愛らしい。

湖までは距離があり、学園の生徒たちには不人気の場所らしい。

ミランは迷いなく足を向けた。確認はしておかなければならない。後回しにした小川もそうだ。時間が余れば、足を運んでおくつもりでいた。

教えられた道をたどると、次第に木が多くなっていく。やがて木立の中へと入った。とたんに生徒たちの声は遠ざかり、本物のさえずりが響き出す。木から木へと飛び移る羽音が聞こえ、そよ風に吹かれた葉の揺らめきが、光になって足元へ散らばる。

そのとき、ミランの心には、不謹慎なほどの喜びが溢（あふ）れた。

石畳に延びる街路樹の枝陰なら知っているが、これほどまでの自然美を感じたのは生まれて初めてだ。

都会生まれのビル街育ち。見上げてきたのは年代物のシーリングライトと、四角に切り取られた空の色。ときどき雲が流れ込む。それだけの景色だ。

もの珍しく景色を眺めながら歩いていると、視界が開けた。

ミランの目に、碧（あお）色の水面（みなも）きらめく湖が飛び込んでくる。生徒たちの姿はない。大きく息を吸い込むと、山の空気に冷やされた水の感触が喉へ流れ込むようだった。

雑木林に包まれた湖は、中ほどで崖がせり出している。砂時計のようにくびれた形は、向こう岸までかなりの距離があった。背景には山がそびえ、五月の青い空が湖面をいっそう美しく染めている。

自然美溢れる純朴な情景に心を奪われ、ミランは大きく息を吐き出した。あたりはしんと静まり、鳥のさえずりと木立を揺らす風の音さえ遠慮がちに響く。打ち寄せる波のさざめきがわずかに聞こえ交じり、じっとその場に立ち尽くした。

湖のほとりには小さな古いボート小屋が見えるが、桟橋にボートはひとつも浮かんでいない。小屋の扉はしっかりと閉じられているようだ。

ミランは大きく深呼吸をしてみた。両腕も広げた。

新鮮な山の空気をめいっぱいに吸い込んでまぶたを閉じる。そこへ思い浮かぶものはなにもない。山を越えて流れてきた雲に太陽が隠され、ミランのまぶたの裏も翳(かげ)った。

鳥のさえずり、木々のざわめき、湖面を渡る風の音が感じられる。けれど静かだ。たったひとりで立っている。その孤独が、水の泡に包まれていく気がした。

線の細い顔立ちに微笑みを浮かべたまま、腕をそっと下ろす。

雲が去り、午後の日差しはまたきらきらと湖面を輝かせる。

さざめくような子どもたちの笑い声が、ふいに脳裏をよぎっていく。まるで天使のように無邪気な彼らの内側に、鬱屈など存在しうるのだろうか。

そう考え、足元の砂を蹴る。

ギムナジウムが山の中にあるのは、社会との断絶を意味していた。全寮制の学校に閉じ込められた子どもたちは、学ぶという大義名分を課せられ、親から遠ざけられた理不尽を忘れようとする。

彼らの立場や入学の理由は、さまざまだ。グランツ・ブリューテ・ギムナジウムは名門の伝統校であり、イギリスのパブリックスクールと同様に、入学卒業することが上流階級のステータスになっている。しかし、それもまた表向きの理由だ。

子どもを全寮制の学校へ入れることには、親元から離さなければならない事情が伴う。仕事で各地を飛び回る親もいれば、再婚して複雑な家庭もある。子どもの教育は学校に任せる方針の家庭もあるだろう。

ただし、喜んで入学する子どもはほとんどいない。それが、愛されて育った証拠だ。湖畔を散歩しているうちに、ミランは漠然とした不安を覚えた。

親元を離れることよりも、もっと深刻な事情がミランにはある。

ため息を噛(か)み殺しながら首を振り、なにげなく木立の隙間へ視線を向けた。瞬間、驚きに足を取られ、つまずくように立ち止まる。薄闇にシルエットがあった。それは人の形だ。

学園の制服を着た少年だった。

偶然にも視線が合ってしまい、ミランは驚いたまま目を見開く。とっさに、彼らがなにをしているかを察してしまった。

彼は木にもたれている。少年とはいっても長身だ。高学年の生徒だろう。のけぞらせていたあごを引き、暗色の髪を揺らすと、長い指をくちびるの前に立てた。その仕草はしどけなく、くっきりと太い眉が歪む。夜の匂いがするような、ひっそりとした退廃が彼を包んでいた。

紺色のジャケットがおしゃれ着に思えるほど大人びている。

彼はもう片方の手を下ろした。自分の下腹部にある塊を押さえる。それは少年の頭部だ。膝をつき、促されなくともしきりに動いている。

ミランは視線を引きちぎるようにして顔を背けた。見てはいけないものを見たことは確かだ。足早にその場を離れ、来た道を駆け戻る。心臓が激しくリズムを打った。息が上がり、羞恥に汗が滲む。

他人の性行為を見るのは初めてだ。

しかも生徒同士、つまりは男同士の行為に、この場所で出くわすとは考えもしなかった。

「そうか……」

ありえない話ではないと、胸を押さえて考える。危ない遊びを覚える不良がいてもおかしくはない。

しかし、冷静にはなれなかった。不良少年の色気にあてられ、後ろ暗い背徳の行為に心が乱される。モヤモヤとした感情が胸を占め、ミランはついに表情を歪めた。

教師のフリッツ・オーゲン・ブラントと別れた場所まで戻り、背後を振り向く。追ってくる者はなく、生徒たちがまばらに行き来しているだけだ。

そのまま、第一寮へ向かって歩き出す。

薄闇にまぎれて指を立てた少年の姿が頭から離れない。ぶるっと大きく身を震わせ、髪をぼさぼさにかき乱す。頭を振り、指先で整え直したが、浮かんだ面影は消えなかった。

遠目に見たはずだが、驚くほどはっきりと顔立ちが思い出せる。

彫りが深く、鼻筋の通ったハンサムだった。息を弾ませて細めた目は年頃にそぐわないほどの色気があり、ありとあらゆる性行為を経験したと思わせる雰囲気が湿っぽく淀んで見えた。

ミランは嫌悪を感じて拳を握りしめる。同性愛に偏見はない。ミランが戸籍を置く国も、ここ、グラウデンの国教も法律も、同性愛を禁忌とはしていない。

だからといって、まだ未熟な学生の性行為を推奨するはずもなかった。当然、学問と規律が優先されるギムナジウムにおいて、学生同士の恋愛は禁止されている。不純な行為や友情を越えた関係が露見すれば、それなりの罰も受けなければならない。

彼らの行為は、まさしくそれに該当する。快楽のためだけに性をもてあそび、淫らな堕落を貪ることは禁忌だ。

では、堕落ではない性行為とはなんだろうか。否応なしに引きずり出される物憂い記憶がミランを苛む。

初めて女性とベッドに入ったときの、たった一度きりの経験についてだ。苦くよみがえってきて身悶えたくなる。

学校には十八歳だと申告しているが、ミランの実年齢は二十歳だ。

初体験が済んでいても、それが恋人ではない年上の女性だったとしても、なんら問題はない。しかし、あまりにも幼稚が過ぎた行いは、思い出すたび、羞恥と悔恨の大波になってミランを苛んだ。愛情のない性行為の記憶は、なにひとつ取ってみても、いい思い出ではない。

図らずも目撃してしまった行為のせいで、胸に秘めた苦い記憶がよみがえり、ミランは小さく息をつく。もう一度、冷静さを取り戻そうと試み、この学園へ来た理由を思い出す。それは年齢を詐称している理由でもある。そして、ミランの抱える秘密だ。

道を間違えることなく第一寮へ戻ったミランは、一階の端にある寮監督室の扉をノックした。入室を許す声が返り、ドアを開けて中へ入る。

「あぁ、ミランか。無事に戻れたようだね」

椅子に座っていたブラントは、読みかけの本に栞を挟んだ。

「なにを見てきたのかな」

「薔薇園と湖へ行きました」

「薔薇にはまだ早かっただろう」

「ええ。湖も人気がないようですね。だれもいませんでした」

偶然に見かけた生徒のことは口にも出せない。ブラントはなにも気づかずに微笑んだ。本をテーブルに置いて立ち上がる。

「小川と比べて危険だからね」

ブラントの言葉には英語訛りがあるが、多言語国家であるグラウデンでは珍しいことでもない。ドイツ語を公用語にして、さまざまな訛りが合わさっている。

「それからね、旧校舎も危険だ。建物が古くて閉鎖されているんだが、生徒たちはすぐに肝試しに使おうとする。危ないので近づかないように」

ブラントが近づいてきて、肩に手を置かれる。

「なにか困ったことがあれば、相談においで」

身を屈め、顔を覗き込まれた。眼鏡のレンズ越しに凝視され、ミランはぎこちなくあとずさる。

「あぁ、すまない。きみのまつげは、髪と同じ色なんだな。魅力的だ」

ふいに投げられた言葉だ。深意があるとは思えない。言葉のままに受け止め、ミランは退室の挨拶をして廊下へ出た。

しかし、ひとりになると、身体は耐えられずにぶるっと震えた。生徒にかける言葉としては気障で甘い。魅力的だなどと表現するだろうか。

片手で自分の肩を抱き、足早に寮監督室の前から離れた。

グランツ・ブリューテ・ギムナジウムの寮は三つ。

第三寮は十三歳までの下級生の寮で、第二寮と、ここ、第一寮が中級生以上の寮だ。

ひとつの寮におよそ五十人が暮らしていて、トイレとシャワールームは各階にある。

一階にはリビングルームがあり、寮室が窮屈に感じる生徒の溜まり場だとブラントから説明を受けた。

食事は別棟の食堂で取り、夜の消灯は十時だ。寮長が消灯確認するまでにはベッドへ入っておくことが規則になっている。

四階が中級生の四人部屋で、三階と二階はふたり部屋。どの階も角部屋は個室になっており、成績のいい優秀生が入る。ミランには三階のふたり部屋があてがわれていた。

横長の建物の中央にある階段をのぼり、左に曲がる。まっすぐ延びた廊下の両側にドアが並んでいる。

にぎやかな生徒たちとすれ違いながら部屋を探し、ドアを開いた。

机を並べた窓辺に紺色のジャケットが見え、ノックをするべきだったと焦る。

「……あっ、……ッ」

ルームメイトは、赤い巻き毛にそばかすが印象的な少年のはずだった。苦手なタイプだと直感したのは、神経質そうな目つきのせいだ。

謝ろうとしたミランは、声を発するよりも先に戸惑った。

とっさに身を引き、開けたばかりのドアもそのまま閉める。そうして、ドアに取りつけられた番号を確認した。記憶したものと相違はない。

しかし、窓辺で待ち構えていた少年は、赤毛でもなければ、顔にそばかすもなかった。身長も違う。けれど、見覚えはあった。

すらりと背が高く、巻き毛とまではいかない、ゆるやかなウェーブのブルネット。

ミランは思わず声を上げそうになった。背後を通り過ぎた生徒が不審げに振り返る。

そのとき、ドアが内側から開き、逃げる隙もなく手首が摑まれた。部屋へ引き込まれる。

「ようこそ。グランツ・ブリューテ・ギムナジウムへ」

なめらかな声を耳元へ吹き込まれ、相手が閉じたドアに背を預けたミランは両肩をすくめた。追い込まれ、間近に迫ってくる相手を見た。ハッと息を呑む。

間違いない。ついさっき、木立の中に見た少年だ。

「……ぼくのルームメイトは、赤毛の……」

「ほんの数時間前までの話だな。俺はついさっき、この部屋へ越してきた。ティモシー・

ウェルニッケだ。みんなはティムと呼ぶ」

「待ってくれないか。意味がわからない」

ミランは相手を睨んだ。距離が近い。いまにもくちびるが触れてしまいそうだ。

肘で胸を押し返すと、ティモシーはあっけなく離れた。

「赤毛のジョージに部屋を換わってもらったんだ。元は角部屋だったんだけど、ちょっと不都合があって……。ミラン……、さっき、湖畔にいただろう。目が合ったね？」

「見たことは、だれにも言わない」

すかさず答えた。ミランはまだ名乗っていなかったが、本来のルームメイトであるジョージから聞き出したに違いない。

「言ってもかまわないけどね。どこぞの野蛮なパブリックスクールと違って、グラウデンのギムナジウムは理知的だ。不当な差別も、非人道的な私刑もない」

ティモシーの手が伸びて、ミランのリボンタイを摘んだ。そのまま、するりとほどかれてしまう。

「やめてくれ」

ぴしゃりと手を叩き払い、ミランはタイを結び直した。リボン結びをしたつもりだったが、不格好な縦結びになってしまう。ミランは何度かやり直した。

それを眺めるティモシーはおかしそうに笑い、肩を揺らす。

「俺よりも赤毛のジョージと暮らしたいなら、呼び戻してやるけど。後悔すると思うよ」

端正な顔立ちをにやりと歪め、ティモシーは部屋の中央へ移動する。ようやくまともな形にリボンタイを結び、視線を巡らせた。

寮室内の家具は左右対称に置かれている。扉を開けると左右に衣装ダンスがあり、木製のベッドが縦長に置かれ、窓辺に向かって机と本棚が並ぶ。

窓は開け放たれ、清潔そうなレースカーテンが風にそよいでいた。

ティモシーは左側のベッドに腰かけ、長い足を組んだ。

「ジョージがこの部屋をひとりで使っていたのは、だれも同室になりたがらないからだ。顔を見て嫌な気分にならなかったか?」

図星をさされたミランは押し黙る。いかにも不満げなジョージの視線を思い出した。

「ルームメイトを元へ戻したいなら、扉を出て右奥の角部屋へ行くといい。いまなら上機嫌なジョージと話ができる。そのあとのことは知らないけどね」

「きみだって、悪い噂(うわさ)があるんじゃないのか。あんなところで……」

「さっきのことを言ってるのか。まいったな。ちょっとした戯れだよ。……でも、相手がすぐ本気になって厄介(やっかい)なんだ」

ティモシーが、意味ありげに振り向く。置かれた自分の荷物へ近づこうとしていたミランはあとずさった。

彼のブラウンの瞳は蠱惑的だ。足を組んだ姿勢も、髪をかきあげる仕草も、ひとつひとつが堂に入って色っぽい。しかも、わざとらしさが微塵もなかった。天性のものだ。

「ぼくは、あんなこと……興味もないから」

ミランはそっぽを向いて、荷物へ近づいた。

紐に縛られた段ボールがひとつ置かれている。

「マイラントとの関係を終わりにできるなら、それで、じゅうぶんだ」

「きみの新しい恋人のふりをしろって言うの？　嫌だよ。ぼくが損をするだけだ」

ミランは荷ほどきをしながら言った。ティモシーの軽やかな笑い声が響く。

「勘違いするのはマイラントぐらいだよ。俺に近づく人間は、彼にとってすべて邪魔なんだ。でも、きみへの害がないようにはする。彼にもプライドがあるからね。だいじょうぶ。……ジョージと同室になるよりはマシな話だと思うけどな」

すくりと立ち上がり、ティモシーは一直線にドアへ向かう。ジョージの神経質な視線を思い出したミランは慌てた。ティモシーの腕を摑んで引き止める。

彼が赤毛のジョージを呼び戻し、ふたりきりにされることを想像すると、それだけで息が詰まりそうな気がした。我慢はできるが、ストレスは溜めたくない。それに、生理的に受けつけない相手というものは存在するのだ。

ミランはよくよく考えた。

たとえティモシーが性的に奔放だとしても、目撃してしまった行為が軽蔑に値するものだとしても、実際に害がなければいい。

その点、手当たり次第だと思わせる獰猛さがなく、安全に思えた。うまく利用すれば、ミランの容姿に興味を持つだろうほかの生徒たちを牽制することもできる。要はこちらが主導権を握っていればいいのだとミランは割りきった。

「わかったよ。ルームメイトはきみでいい」

けぶるような栗毛のまつげが震えて、なめらかな肌に影が伸びる。

ため息混じりに答えたミランの前に立ち、ティモシーが腰を屈めた。寮監督のブラントと同じように顔を覗き込んできたが、不躾な視線で眺め回すようなことはせず、うなずきだけを残して部屋の奥へ戻った。

窓辺に寄り、机の端に腰かける。それから、ズボンのポケットを探って煙草を一本取り出した。

啞然として見つめるミランに向かって、ティモシーは艶然と微笑む。

「薄荷煙草だ」

グラウデンでは十五歳から認められている喫煙ハーブの一種だが、ブリューテ校では禁止されている。敷地内では喫煙のいっさいが禁止だと、しかつめらしく念を押した校長の顔を思い出した。

しかし、ティモシーに伝えても意味はない。転校生のミランと違い、在校生の彼のほうが規則をよく知っているはずなのだ。

寮室で煙草に火をつけない程度の分別は持ち合わせているらしく、ティモシーは薄荷煙草をくわえたままで髪をかきあげる。艶めいたブルネットのウェーブヘアが、窓辺の明るさの中で弾むように流れた。やはり絵になる男だ。

若々しい指先が宙を横切り、窓辺へと着地する。目を奪われている現実を忘れ、ミランは彼を見つめ続けた。少しも気にかけず、悠然と窓の外を眺める横顔は端正だ。

スローモーションのような時間が過ぎ、ふいに、ティモシーが振り向いた。微笑みを浮かべる。

次の瞬間、彼はミランの前に立っていた。時間が飛んだように感じたのはあまりに凝視していたからだ。指先で薄荷煙草を摘んで遠ざけ、ティモシーが腰を屈める。

驚いて目を見開いたのが先か、それとも、ティモシーのくちびるを感じたのが先か。ミランは呆然(ぼうぜん)とまばたきを繰り返し、両肩を引き上げながら片手で口元を覆った。

「薄荷煙草のおすそわけ」

ティモシーのウィンクは軽やかで、ミランが知っているだれよりもこなれていた。そして、同性から見ても悔しいほどに魅力的だ。

ミランは怒ることも忘れ、彼の首元にゆるく結ばれたリボンタイの先が揺れるのを見た。

くちびるが熱く火照っていくようで、自分自身の反応が許せなかった。

＊＊＊

翌日から授業へ出たミランは、気の合う生徒をクラスの中に見つけることができた。

同じ年頃の子どもと過ごした経験に乏しい分だけ人を見る目はシビアだ。裏のあるなしは一目で判別がつく。だから、クラスを牛耳っているらしいグループの誘いを断り、教師に紹介されているときから好意的にはにかんでいた、垢抜けない少年たちのグループを選んだ。

いかにも純朴そうな彼らは、ほんの少しの気おくれを見せながらもミランを歓迎してくれた。

同じ第一寮の生徒がふたりと第二寮の生徒が三人、そのうちのひとりは角部屋を使用している優秀生だ。ミランを入れて六人のグループは、ふたつに分かれて自習をしたり、メンバーを入れ替えて食事をしたり、ほどよく安定した人間関係を構築しながら、なごやかに日々を過ごしている。

かといって、おとなしい優等生タイプばかりが集まっているわけではなかった。噂話もすれば冗談にも笑い、教師に対して子どもっぽいいたずらを仕掛けることもある。ミランは彼らの行動をよく観察し、十八歳の少年らしい言動や身のこなしを習得することに数日を費やした。

二十歳を過ぎているだけでなく、普通ではない育ちのミランには、どうしても世間擦れした雰囲気が表れてしまう。達観しているように思われるのは本意ではなかった。できる限り、彼らに馴染み、学園に溶け込んでおく必要がある。それは、意気込んでいたよりも簡単なことだった。

しばらくは新しい環境に戸惑ったふりで過ごし、週が明ける頃には数年もここで暮らしているかのように振る舞う。新しい友人たちはごく自然に、そんなミランを受け入れた。数年前のことを話題にのぼらせるときも、その場にミランがいたかのように問いかけ、思ったような返事がないことに首を傾げるほどだ。きょとんとした表情は一瞬のことで、彼らはすぐに自分たちの勘違いに気づく。そのあとで浮かぶ満面の笑みには、新しい仲間とすっかり親しんだことへの喜びが弾けていた。

輪の中へ混じったミランは、繊細な容姿に映えるいたずらな笑みを浮かべて肩をすくめた。それが十八歳の少年たちの流儀と心得てのことだ。

しかし、ひとりになれば元の彼へと戻る。

ミランはなにげないそぶりで注意深く学園内を観察して回った。読書が趣味だと公言して詩集のひとつでも小脇に抱えれば、単独行動を心配されることも、一緒について回られることもない。だれにだってひとりの時間は必要だからと、友人たちはにこやかに笑って離れていく。

本心でないことは知っていた。しかし、彼らは自分がひとりぼっちになるのでなければ、それでいいのだ。別のグループに混じることにも、とやかく言わなかった。

文庫本をポケットに忍ばせたミランは、読書に最適な場所を探すふりで敷地内を歩く。校舎の位置を確認して、各寮の雰囲気も見た。

石造りのゴシックな校舎と図書館。

小川を隔てた向こうには、独身教師のための小さな家屋が建っている。

敷地を囲む森は鬱蒼(うっそう)として、日差しが降りかかれば緑あざやかだが、ひとたび曇ると奥を見通すことも難しいほど暗くなる。風の強い日には、まるで生きているかのように枝をくねらせた。

ひとけのない森のそばを歩くミランはわずかな緊張を覚える。

未知のものを恐れるほど小心ではない。ただ、初日のことを思い出しただけだ。

新しい友人たちにそれとなく話を向けると、ところどころで声をひそめながら、言葉を選んで彼の話をした。ティモシー・ウェルニッケのことだ。

独立心が強いティモシーはなにをするにもひとりで行動し、ときどき問題を起こしては親が注ぎ込む寄付金で解決する。その悪評の一方で、生徒間のいざこざを収めることがうまく、生徒総代からの信頼も厚い。成績は常に上位をキープし、身のこなしの優美さが示す通り、やんごとなき貴族家系の身分でもある。

寄宿学校へ入らなくても、家庭教師に学ぶことができるはずだが、親の教育方針なのだろう。ティモシーは仕方なく親に従って入学し、画一的な学園の暮らしにほとほと飽きている。

寮室で目にする物憂げな風情を思い出し、ミランは眉をひそめた。

彼は悪くないルームメイトだ。部屋では薄荷煙草に火をつけず、いびきも歯ぎしりもしない。ベッドメイクは適当だが、机の上は整頓されている。服を投げっぱなしにして日を越すこともない。

ミランを追い回したり、身の上を詮索することもなかった。キスをされたのも、初日の一度きりだ。それなのに、ミランは身構えてしまう。

あの日のキスを猛烈に責めてやればよかったと、いまさらに口惜しく思い、旧校舎へ向かった。老朽化が進み、近づくことも禁じられている場所だが、知らなかったふりをすればいいだけだ。

川の向こうに成長しきった木々が立ち並び、旧校舎の時計塔がわずかに見える。

夜になると、ときどき、赤い火がちらつくんだと、友人のひとりは声をひそめた。こわがらせようとしたのだろうが、八年生にもなればたいした怪談でもない。

橋に差しかかったとき、騒がしい声が背中を追うように聞こえ、ミランは足を止めた。肩越しに振り向くと、歩いてくる集団が見えた。ひとりの少年がよろめく。彼を突き飛ばして歩かせながら、四人の少年はなにごとかを囃したてていた。背丈の低さとハーフ丈のズボンから見て、第三寮に暮らす下級生たちだろう。

ミランに気づくと、後ろを歩いていた少年が慌てた。よろめく少年の首に腕を回し、ふざけていることをアピールするように笑い声を上げる。

引き寄せられた少年は、ミランに気づかず嫌がるそぶりをした。

身をよじり、泣き出しそうな声で拒絶と抗議を繰り返す。

「なにをしているの」

ミランは彼らに近づいて聞いた。いじめっ子たちはサッと視線を走らせ、襟元の学年章の次にミランの顔を確認する。ぽかんと口が開いた。惚けたように数秒間見つめたかと思うと、彼らは一斉に直立の姿勢を取る。

「ふざけていただけです」

ひとりが答えた。しかし、どう見ても仲良しグループには見えない。突き飛ばされていた少年は顔を真っ赤にしながらも、泣き出すまいとくちびるを噛んで耐えていた。

どの少年に比べても背丈が低く、身体つきは華奢だ。

「そう……」

ミランは人差し指を立て、橋の向こうを示した。

「ぼくは転校してきたばかりでね。この先にはなにがあるか、知ってるかい？」

「旧校舎です。この橋の向こうは、立ち入りが禁止されています」

いじめっ子のひとりが答え、残りの少年たちは一様にうなずく。

「じゃあ、きみたちはどこへ行くつもりでいたの」

「……あ。えっと……」

話の矛先が変わったと喜んでいた少年たちは、急に口ごもって身体をもじもじさせる。よからぬことを考えつき、旧校舎の肝試しへ向かうところだったのだろう。

ミランはわざとらしくため息をついた。

「こういうとき、どうすればいいのか、ぼくはまだ知らないけれど……。寮長や先生に知られるとよくないのだろうね。見なかったことにするから、行きなさい。きみは残って」

からかわれていた少年だけを引き止め、残りの少年たちを解放する。一目散に駆け出したが、何度も振り向く仕草は、うらやましがるかのようだ。

ミランは視線を逸らすことなく彼らを見送る。その間に、そばに立つ少年がぐずぐずと鼻を鳴らして泣き出した。

「どうしたの」

ミランが声をかけるのと同時にしゃがみ込む。堰を切ったように、声を上げて泣きじゃくり始めた。

「もう、やだ……。もう、帰りたい。ママ、ママ……ッ」

悲痛さを帯びた、心からの叫びだ。ミランはその場に片膝をついた。しゃがんで泣く少年の背中をさすり、落ち着くのをじっと待つ。

やがて泣き声が収まり、少年は喉を引きつらせながら手の甲で涙を拭った。ミランがハンカチを差し出すと、首を左右に振って自分のハンカチを取り出した。

「相談すべき相手がいるなら、一緒に行くよ。……これが初めて？」

ミランの問いかけに、少年はかぶりを振る。

「原因は？」

「ぼくが、愚図だから」

「……彼らはそれほど俊敏なのかな。まぁ、逃げ足は速かったね」

冗談めかして言うと、幼い泣き顔がくすりと笑った。

「ちょっと話をしようか。ぼくはミラン・シェーファー。きみは？」

「ヨナス・タンデルです」

答える少年を連れて、川のそばに立っているプラタナスの裏側へ回った。並んで座る。

ヨナスは二年生だった。生まれたての赤ちゃんのようにふわふわとした金髪の巻き毛で、色白の肌は赤みを帯びている。うっすらと浮かぶそばかすが、幼い顔立ちの彩りになって愛らしい。

けれど、自信のなさが滲み出るような表情がいけなかった。親元を離れたさびしさは、下級生のほとんどを情緒不安定にさせている。そこへヨナスのような弱々しさが混じれば、学園に馴染もうとする少年たちの意気は萎え、不安が生まれてしまう。その得体の知れない不安を克服しようとして、弱い者いじめをするうち、妙な連帯感が生まれていくのも閉鎖社会のセオリーだ。

ミランは、いくつか知っている大人のやりとりを思い出した。大人の世界も似たようなものだ。だから、学園内には社会の縮図があるのだと思い知る。

幼くして放り込まれた少年たちは、自分たちの力で孤独や困難、理不尽を克服し、一人前の男となっていかなければならない。ときには残酷に仲間を傷つけ、不平等な序列を生み出していく。

「お母さんが恋しい？」

プラタナスの木陰で、ミランは片膝を抱えた。頭上の枝振りは大きく、葉擦れの音が耐えず降りかかる。

ヨナスは肩をすくめ、いっそう小さくなって両膝を抱く。彼の母親も同じように両手でしっかりと我が子を抱きしめたのだろうか。

そんな想像が浮かび、ミランは微笑をこぼした。

「ぼくには両親がいないものだから。きみのようなさびしさはないんだ。それほどに恋しいものかな」

聞かせて欲しいんだよ、と声をかける。ヨナスはそろそろと首をひねった。甘えた目つきは、ミランの不幸をどのように慰めるべきかと迷い、そのことにさえ傷ついたように潤んでいる。

「でもね。もう、慣れっこだよ」

ミランは嘘をついた。

「さびしく、ないの……？」

ヨナスの声は小さく、震えている。

「さびしくはない。周りに、いつも大人がいたからね」

今度は本当のことを言う。ミランはいままで一度も学校へ通ったことがない。勉強も常識も、周囲の大人たちから教わった。

「お母さんって、どんなふう？　温かいの。それとも、柔らかい？」

「とっても温かいし、柔らかいよ！」

脳裏に母親の姿を浮かべたヨナスは、別人のように大きな声を出した。急に顔色がよくなり、満面の笑みが広がる。

「とっても素敵な匂いがする。ぼくのママはクッキーの匂いだ。お砂糖の焦げた匂いもする。お菓子を作るのが趣味なんだ。とっても上手なんだよ」

興奮してまくしたてるヨナスを見つめ、ミランは母親を想像してみるかのように目を細めた。

しかし、心の中は裏腹だ。ヨナスの発音が上流階級のそれであることを見抜き、容姿や身のこなしに生育歴を想像する。

「きみは笑顔が似合っているね」

小首を傾げながら、ヨナスの髪へと指を伸ばした。くりくりと巻いた髪は柔らかく、軽く引っ張って離すとバネのように巻き戻る。

ヨナスは驚いたように目を見開き、パッと頰を染めてうつむいた。

「ママも、そう言うんだ……」

「へぇ、そうなんだ。じゃあ、笑顔でいればいいじゃない。彼らだって、いじめるのが嫌になる」

「……それは違う、違うんです」

ヨナスの声がまた小さくなった。

「きみがなにか、彼らの気に食わないことをしたの？」

ミランの問いかけに、言葉もなく、ただ首を左右に振る。ぎゅっと両膝を抱え、身体を強張らせた。

「思い当たる節があれば、教えてよ。力になれるかもしれない」

「……ぼくが愚図だからいけないんです」

ヨナスはまた繰り返した。よほど気にしているのだろう。

「人にはそれぞれのペースがあるじゃないか」

「そうじゃないんです。せっかく『当番生』に選ばれたのに、すぐに、もう来なくていいって……クビになったんです」

「あぁ、角部屋の優秀生だけにつくっていう……雑用をする係のことだね」

「そうです。指名されたときは飛び上がるほど嬉しかった……っ！　なのに……」

興奮したかと思うと、どん底まで落ちた表情になる。情緒はまるで安定せず、ヨナスは濡れたネズミのようにみすぼらしかった。

いじめっ子たちがつつき回したくなるのもわかるようで、ミランは肩をすくめた。

「相手に理由を聞いてあげるよ。それから、きみの身が立つように頼んでみよう。方法はあるはずだから」

「そんなこと……」

遠慮がちに目を伏せ、ヨナスはもじもじと身をよじらせた。

「うまくいかなかったら申し訳ないけど、やれるだけのことはしてみない？　きみが担当していた優等生は、どの寮のだれ？」

引き寄せた片膝に頰を押し当て、ヨナスの顔を覗き込む。その頰が上気して薔薇色に染まる。しかし、名前を口にする瞬間には、どんよりとした青白さに戻った。

クビを宣告された瞬間がよみがえってしまうのだろう。

ヨナスは勇気を振り絞ろうとして、両手の拳を握りしめた。

「第一寮のティムだよ。ティモシー・ウェルニッケ。学園一の人気者でね、一匹狼だけど、みんなが憧れているんだ」

ミランが転校生であることを思い出したヨナスは、懇切丁寧に『ティム』のひととなりを教えてくれる。悪い噂を省いたのは意図があってのことだろう。『ティム』ことティモシーの崇拝者たちは、悪評を絶対に認めない。

享楽の現場を見たとしても、なにか特別な恭しさで表現するに違いなかった。

「あぁ……、彼なら知っている」

ミランは苦々しく口にした。しかし、ヨナスは表情の変化に気づかず舞い上がった。

「とっても素敵な人ですよね！」

無邪気な表情で同意を求められたが、ミランは曖昧にもうなずかなかった。くちびるにキスされた感触がよみがえり、胃の奥がぎゅうっと焼けつく。

それでも笑顔を装った。

「彼は、ぼくのルームメイトだ。角部屋から越してきたんだよ。理由を聞いてあげるから、ついておいで」

思いついて立ち上がったミランはジャケットやズボンについた土を払い、目を白黒させながら腰を浮かせたヨナスを引き起こす。彼の衣服も整えてやる。

初夏の風が吹き抜け、プラタナスの葉がざわめいた。光の粒がレース編みの影にまぎれて転がり、ふたりは眩(まぶ)しさに目を細めて顔を見合わせる。

小道へと戻り、第一寮へ向かう。やがて石造りの宿舎が見え、正面玄関から中へ入った。廊下を行き交う生徒が、ミランへと気安い挨拶を投げてくる。

転校してきたばかりの新寮生を歓迎する優しさに応え、ミランもまた気さくに返事をした。

挨拶を投げかける寮生はみな、際立った容姿のミランと仲良くなりたくて笑顔を浮かべる。わかっているから、だれとも必要以上に近しくならない。ミランが交友を深めるのは、行動を共にするクラスメイトの数人だけだ。

その分、人のいい笑顔だけは惜しみなく溢れさせ、ひとつの反感も買わないように努めている。

「人気者ですね」

後ろをちょこまかとついてくるヨナスが言った。

「転校生が珍しいだけじゃないかな」

小首を傾げて答え、さらさらと流れる髪を指で押さえた。その仕草に目を奪われるヨナスへ微笑みを向けて、ミランは三階まで階段をのぼった。ヨナスもついてくる。焦げ茶色のドアが両側にずらりと並ぶ廊下を進んだ。

「いると、いいけど」

ドアをノックしながら、肩越しにヨナスを振り向く。緊張した顔は、ひどく青白い。倒れるのではないかと案じながら、ミランはドアノブをひねった。

ティモシーは窓辺にいた。自由時間のほとんどを寮室で過ごす彼は、ときどき、ふらっと出かける。薄荷煙草を吸うためだろう。帰ってくると匂いでわかる。

「ティモシー、話があるんだけどいいかな」

入り口から声をかけると、窓辺の机に腰かけて空を眺めていた制服姿のティモシーが振り向いた。けだるげな仕草だ。薄荷煙草はくわえておらず、ブルネットの髪が額にかかって物憂い。

「珍しいね、きみから話しかけてくるなんて」

からかい交じりに言われ、ミランは挑むように相手を見据えた。

同寮の生徒たちに向けた微笑みも、彼に対しては浮かべない。不意打ちのキスを許していないからだ。

「彼を知っているだろう？　入っておいで」

　ヨナスを部屋の中へ誘い、ドアを閉めた。

　ティモシーの視線に晒されたヨナスは、石像のように固まってしまう。抱き寄せた肩は華奢で頼りなく、ミランの腕の中で小刻みに震え出した。

「この子は、きみの『当番生』だろう」

「それがどうかしたのか」

　長い足を組み替えて、ティモシーは退屈そうな表情で窓枠へもたれかかった。制服のジャケットを着ているが、リボンタイは結ばれておらず、シャツの胸元は大きく開いている。

「いじめられているのを見かけたんだ。理由を聞いたら、きみがクビにしたせいだって言うじゃないか。上級生として責任を持つべきだと思う。せめて、彼をクビにした理由を聞かせてくれないか」

「かまわないけれど、彼を選んだのは俺じゃないからな。当番生は無作為に選ばれるんだ」

「それが、彼をクビにした理由なのか？　違うだろう」

　きちんとした説明が欲しいと目で訴えかける。ティモシーは太い眉を跳ね上げた。答えを探すように窓の外へ視線を向け、ゆっくりと巡らせる。

「まぁ、な……。人の世話をするなんてかわいそうだから、解放してやっただけのことだよ。身の回りのことなら、自分でしたほうが早い」

「つまり、きみの優しさってわけだ。役に立たなかったわけじゃない。そうだろう？」

ミランはまっすぐにティモシーを見た。はっきりうなずくようにと、視線で圧をかける。

不思議そうにミランとヨナスを見比べたティモシーは、ふっと息を吐くように笑った。

「きみらふたりは、よく似た感じだな。顔立ちの種類が同じだ。……ヨナス」

ティモシーに名前を呼ばれ、ミランの腕の中で固まっていた華奢な肩が揺れる。

「きみを傷つけるつもりはなかったよ。クビにされた気でいるなら、勘違いだ。よく思い出せ。俺は、自由にしていろと言っただけだ。……周りがからかってくると言うなら、それは、きみが泣き虫だからだ。あとは……」

言いかけて口ごもり、ティモシーは洒脱な仕草で両肩を引き上げた。

「わかったよ。食事のときに声をかけるから……。それで周りの扱いは変わるだろう。ヨナス、きみも気軽に話しかけてくるといい」

言葉面こそ優しいが、声は淡々と響き、眉さえも動かない。ヨナスの肩をさすったミランはその場を離れ、窓辺へと歩み寄った。

ティモシーの視線を受け止めたまま、ニヒルに整った彼の両頬を摘んだ。そのまま引っ張って口角を上げさせる。

「なんだって、そんなこわい顔をするのさ。相手はまだほんの子どもだよ。きみが上手なのは、あっちばっかりらしいね。まったく見かけ倒しであきれてしまう」

たたみかけて言ったミランの手は、叩き落とされることも振りほどかれることもなかった。頬を軽く引っ張られたまま、ティモシーの形のいい目が見開かれる。緑がかった茶色の瞳に映る自分の姿を、ミランはじっくりと見つめた。

「簡単なことさ」

ティモシーが言った。手が動き、ミランの手首を掴む。引き剝がしながら、なめらかに両頬を引き上げた。たちまちに美丈夫の笑顔が現れる。

「俺が笑うと、みんながうっとりする。……きみもだ」

瞬間、ミランはまばたきを忘れた。蠱惑的な笑顔と美しいイントネーションに引き込まれ、時間さえも止まるような心地に浸る。それは、不思議な魔法だと言うよりなかった。

そして、魔法によって止められた時間は、お約束通りの行為で動き出す。

くちびるの感触が額に押し当たり、ミランはびくっと身をすくませた。ほぼ同時にティモシーの頬を引っぱたく。

ふたりを見守っていたヨナスが悲鳴を上げ、ブルネットの髪を乱したティモシーは顔を背けたまま固まった。

ミランは臆することもなく、大人びた美形の横顔を睨みつける。

魔法を解くには王子様のキスだと相場は決まっているが、ティモシーの柄ではない。彼はさしずめ、真夜中に窓辺から忍び込む淫魔の類いだ。始末が悪い。

「うぬぼれすぎだ。ティモシー。なんだって、こんな男が人気者なんだろう。理解に苦しむよ」

大仰なため息をついて、ティモシーに背中を向ける。ヨナスは信じられないものを見たかのようにまばたきを繰り返していた。

「さぁ、寮まで送っていこう。夕食のときには、きみの身も立つはずだ。ぼくが見張っているから間違いない。そうだろう、ティモシー」

背を向けたままで言うと、ヨナスの視線がミランから窓辺へ移る。ティモシーを見つめる目は憧れできらめいていた。

「その通りだ、ミラン」

笑いを含んだティモシーの声が返り、ヨナスはせわしなく視線を左右に動かした。混乱をきたしているのが見て取れる。ミランは肩をすくめ、笑顔を向けた。

「ぼくと彼は、気安くキスをする間柄じゃない。誤解しないで。こちらは迷惑をしているんだ」

「そう、ですか……」

納得がいかないと言いたげに、ヨナスは大きな瞳をぱちくりとさせる。額へのキスに対する羨望と、彼を平手打ちにしたことへの抗議が、問題を解決に導いた感謝の心とせめぎ合っているようだ。

ティモシーの人気は本物だとミランは思い知る。

グランツ・ブリューテ・ギムナジウムのアイドル。さしずめ、ひそかなセックスシンボルといったところだ。

なおもミランとティモシーを見比べていたヨナスは、やがて気持ちを新たにして頭を下げた。

「口添えをありがとうございました」

礼を口にしながら見せたはにかみは、胸のつかえが取れた清々しさに溢れ、金色の巻き毛も相まって愛らしい。

ミランの胸は、ふわりと温かくなった。

＊＊＊

ヨナスは間違いなく美少年のうちに入る。

食堂でティモシーに声をかけられ、友人たちに取り囲まれて見せた笑顔はあどけなく魅力的で、彼をいじめた少年たちの思惑もわかる気がしたぐらいだ。愛らしいヨナスの気を引きたい気持ちが、どこかで繊細にこじれてしまったのだろう。

どの生徒も、深い浅いの差があるだけで、胸に小さな痛みを抱えている。下級生も上級生も同じだ。

幼いうちから親元を離れ、見ず知らずの子どもたちと肩を寄せ合って過ごす。夢と希望に溢れているはずはなかった。歳を重ねれば対処に長けていくだけのことで、思春期特有の鬱屈は消え去らない。

不安と戸惑い。そして、言葉にならない悲しみ。

やがては、それらすべてを乗り越えて大人になるとしても。ヨナスにはまだまだ遠い。母親を恋しがって泣くほど繊細な少年だ。ベッドがずらっと並んだ大部屋の窓が風に軋んでさえ身体を丸めて怯えるかもしれない。

想像すると、胸の奥がきりきりと痛み、どうにもたまらないほどやるせなくなった。

ミランは、夜の暗闇に慣れている。こわいと思うことはなかった。凍える冬の夜も、遠くで赤ん坊のような猫の声がする春の夜も、いつだってひとりで過ごした。都会の夜は明るく、建物にはいつまでも真昼の気配が漂っていたからかもしれない。

拳に隠したペンライトを点滅させながら、ミランは静かに闇をたどる。消灯時間を過ぎ、夜が更けた。月はすっかり高い。トイレへ行くふりでベッドを抜けて、だれにも会うことなく裏口から寮の外へ出たばかりだ。

空に流れる雲が、ときおり月の光を隠す。ギムナジウムの敷地内は闇に包まれていた。聞こえるのは風に揺さぶられる木々のざわめき、フクロウの声。

そして、葉陰に隠れて羽を震わせる虫の音だ。

寝間着の上にナイトガウンを羽織ったミランは、大きく胸を開いて空気を吸い込む。なるべくライトをつけず、ひっそりと足音を忍ばせながら森へ分け入った。

奥に向かって、ペンライトをチカチカと光らせる。しばらくすると、応えるような光が点滅した。

寝間着の裾が夜露に濡れるのを気にかけながら、ミランは点滅光へと近づく。

やがて、森の闇に目が慣れて、懐中電灯を手にした影が見えた。なにも知らずに出くわしたら思わず悲鳴を上げてしまいそうな大男がそこにいる。しかし、ミランは驚かない。

小声で呼びかけた。

「久しぶりだね、マルティン」

あごをそらして見上げながら、にっこりとくちびるの端を引き上げる。

「無事に馴染めたようだな。無理はしてないか？」

腰を屈めた男が懐中電灯をつける。ミランは眩しさに歪めた顔を背けた。しかし、あごを摑まれ、顔を検分される。本人は加減しているつもりでも、指の力は人並み以上に強い。

「やめてよ、乱暴だな」

しばらくされるに任せてから、男の手を振り払った。懐中電灯が消えて、周囲はまた薄闇へ戻る。

「いやいや、悪かった。子どもばかりの渦中へ放り込まれて、まいっているんじゃないかと、心配したんだ」

「余計なお世話だよ」

「それは失礼した」

昼間に敷地内で顔を合わせたとき、ふたりは互いを無視した。まるで知らない相手のように、他人のふりを演じたのだ。

彼の名前はマルティン・ゲルゲス。自己申告が真実なら三十代半ばになる。ミランはまるきりの嘘だと思っていた。彼は十年以上前から三十代半ばだと言い張っているのだ。

初めて会ったときのことは覚えていない。ほかの大人たち同様に、気がついたときにはそこにいた。

「だいたいのことは、マイケルに聞いてきたんだろう」

大きな身体を屈めたマルティンに問われ、ミランは素早くうなずいた。

「自分のすべきこともわかっているな?」

もう一度うなずき、相手の顔を覗くように見る。

「元凶を突き止め、被害者を確保すること」

「そうだ。くれぐれも、自分で解決しようだとか、対決しようだとかは考えるな。重要なのは、証言者だ」

用務員として一年前から潜入しているマルティンは、真剣そのものな声をひそめた。

「おまえは自分で思うよりも美人だ。目をつけられるなよ」

「わかってるさ。いざとなれば、恋人を作ってでも目くらましを……」

「それがいけないんだ」

マルティンの手に肩を摑まれた。大きな手は無骨だ。

「俺たちは、おまえを駒にするために育ててきたわけじゃない」

「じゃあ、なにのため？」

月が隠れた闇の中で、ミランはまっすぐに相手を見つめる。互いの顔を知っているからこそ、どこに目鼻があるのかもわかった。

「……人生を楽しませるためだって、マイケルが言ってただろう」

あきれたようにマルティンが言う。ミランは反論した。

「ぼくは手伝いたいんだ。仲間になりたいんだよ」

「わかってるさ。マイケルだって、わかってる。だからこうして、手伝いを頼んだわけじゃないか」

なだめるような口調で言われ、ミランは不機嫌に肩をそびやかした。

親も兄弟も知らない身の上だ。どこで生まれたのか、どこに捨てられていたのか。聞いたこともなければ知りたいと思ったこともない。彼らによって拾われ、二十年間、事務所で育てられた。

民間警備組織の秘密諜報部隊。それが彼らだ。依頼を受けて情報を集めることが主な任務で、これまでにも子ども役が必要なときには駆り出されてきた。

長老のようなリーダーのマイケルはいい顔をしなかったが、二十歳を迎え、ようやく本格的な任務を与えてくれたのだ。マルティンが釘を刺したように、余計なことをすれば二度と使ってもらえなくなるだろう。

これはつまり、採用試験だ。

「旧校舎の時計塔にまつわる怪談と、降霊術クラブの噂は聞いたか」

マルティンが口早に言う。うっかりすると聞き逃しそうで、気を引き締めて耳をそばだてる。マルティンは続けて話した。

「旧校舎には鍵がかかっていて、一階の窓も板で閉じている。おそらく、そこで……」

「依頼者は、ここの関係者じゃないの？」

グランツ・ブリューテ・ギムナジウムは私立校だ。グラウデンの貴族・シュヴァルツ家が運営している。

理事長を務めるのは当主だが、高齢なため、ここ数年の行事には顔を出していない。

「それはマイケルしか知らない。きっと、シュヴァルツ卿の親族だろう。受け継ぐつもりかもしれないが……。遺産としては貧乏くじだ。ギムナジウムの経営は慈善事業のようなものだからな。でも、ここは子どもたちにとって快適な部類に入る。よかったな」

マルティンに顔を覗き込まれたミランは片眉を跳ね上げる。

そのとき、木々の間から淡い光が差し込んだ。山を越えていく雲が流れ、月が顔を出したのだろう。

ミランの栗毛が透けたように輝き、マルティンは幸福そうに目を細めた。

「仕事なんて片手間でいい。初めての学園生活だ。おまえはたっぷりと満喫して……」

「マルティン。子ども扱いはやめろと言ってるだろ」

声をひそめたミランは、すっかりつき合いの長くなった相手を睨んだ。年齢差で言えば、兄のような存在だが、口にすることはことごとく父親めいている。ミランは父親というものを知らないが、おそらくはマルティンのような心配性に違いない。

「悪い癖だよ。いつまでも、いつまでも。……いい加減にして欲しい。今回、マルティンはサポーターなんだからね。マイケルだって、そう言っただろう。ぼくに……、こんなチャンスは二度とないかもしれない。どうしたって、合格だと言われたいんだ」

「……わかってるよ。おまえの足を引っ張るような真似はしない。でも、年相応の暮らしを経験することだって重要なことだ。世界は広いんだから、生き方を狭めることはない」

「ぼくの人生は、ぼくが自分で選ぶよ。……つまり、きみたちがすべてなんだ。選んだ結果なんだよ。生まれて初めて見たのは、事務所の天井だったし、好きになったのも嫌いになったのも、ケンカをしたのも、褒められたのも……。こんなこと、言わせないでくれ」

マルティンの胸を拳で殴り、ミランは眉をひそめた。

「きみたちに必要がないと言われたら、ぼくはどこへ行けばいいのか……。本当に、わからなくなる」

「悪かった。悪かったよ」

困りきったように腕を振り回し、マルティンはその場で足踏みを繰り返す。

「ぼくは、きちんと仕事がしたい」

ミランは背筋を伸ばし、微笑みを浮かべた。

「もちろんだ。これはおまえの仕事だし、俺はサポーターとしてわきまえている。……降霊術クラブは旧校舎で行われているはずなんだ。鍵を手に入れるのがいいのか、被害者を見つけ出すのがいいのか……。その判断もおまえに任せよう」

太い眉をきりりと引き絞り、マルティンは深くうなずいた。雑談のうちに情報交換を終え、ミランは先に森を出る。

寝間着の裾だけでなく、ナイトガウンの裾も、夜露でしっとりと濡れていた。しかし、不快ではなかった。家族同然に感じているマルティンとの再会は、ミランの胸の奥までをすっかり温め、勇気づけたからだ。

暗闇の中を歩くミランは、なにげなくヨナスのことを思う。ママと叫んで泣き崩れた彼を見たとき、ミランの心は不安でいっぱいになった。

もしも、ヨナスと同じ年頃の自分が同じ目に遭ったら。そう考えたからだ。慣れ親しんだ事務所の一角から連れ出され、今日からここで寝起きするのだと、子どもばかりの大部屋に押し込まれる……。

想像するだけで身体に震えが走り、残酷な行為だと、かぶりを振った。

明るく輝く月がふたたび雲に隠され、周囲に闇が広がる。握り込んだペンライトのスイッチに指をかけ、ひとりで歩くミランは息をひそめた。第六感が閃く。

だれかに見られている。

夜露に濡れた下草の匂いを嗅ぎ、視線を闇に走らせていく。耳を澄ましたが、聞こえてくるのはひそやかな虫の音ばかりだ。

そのとき、パキッと小さな音がした。小枝を踏んで、人の気配が急激に近づいてくる。

ミランは身構えた。武術の心得はないが、暴漢を撃退する術ぐらいは知っている。手にしたペンライトを顔の高さに上げ、スイッチを押した。いきなりの発光に怯むはずの人影は、こともなげにミランの手首を押さえた。

「騒がないでくれ」

腕を引き下ろされ、息を呑んであとずさる。一瞬の光に浮かび上がった顔にも、なめらかな発音の響きにも覚えがあった。ティモシー・ウェルニッケだ。ミランが部屋を抜け出したことに気づき、あとを追ってきたのだろう。相手は一歩踏み出し、拳を振るおうとしたミランの腰裏を抱き寄せた。

「……ッ」

「騒ぐなと言ったんだよ」

若い声にささやかれ、ミランは頭突きを食らわそうとした。けれど、近づきすぎているのと、頭ひとつ背丈が違うせいで、うまく伸び上がれない。

「ふざけるな。放してくれ」

マルティンとの密会を目撃されたのなら失態だ。しかし、動揺を見せるわけにはいかない。冷静になれと己に繰り返し、ティモシーを睨み据えた。

「せっかくの愉しい時間が台無しになってしまうからか？」

視線をさらりと受け流した彼も、ナイトガウンを着ている。ミランは平静を装って息をついた。

「なんの話だ。ぼくは、散歩をしていただけだよ。夜の学校がどんなものか……」

「夜の逢瀬が、どれほど甘美か……」

雲が流れ、ティモシーの顔がはっきりと見える。彼はあたりに視線を配り、ミランの腕を強引に引っ張った。

校舎の裏へ連れていかれ、石造りの壁へ追い詰められる。背中を貼りつかせたミランの両脇にティモシーの腕が伸びた。

「否定しないのか」

ティモシーはどこか楽しげに言った。

「普通は、真っ赤になって怒るものだ」

「……きみの言っていることの意味がわからない」

ミランはあごをそらして答えた。

「本当に、そうかな?」

からかうような声が耳元で聞こえ、息が吹きかかる。身をよじったミランの膝の間へ、ティモシーの足がねじ込まれた。胸も近づき、ふたりの影がひとつに重なる。

背けた顔を追われ、頬をすり寄せるようにしてくちびるが触れた。

「んッ……」

この前とは比べものにならない本物のキスだ。ミランが用務員と逢引をしたと思い込むティモシーは、遠慮の欠片もなくミランのくちびるを貪ってくる。

「ん、んっ……」

息が奪われ、ミランは喘いだ。隙を縫ったティモシーの舌が滑り込み、あっさりと口腔内を荒らされる。ぞくっとした痺れが腰裏へと走り、とっさに胸を押し返した。

殴ってでも抵抗するべきなのか。それとも、誤解を利用するべきなのか。

瞬時の判断に迷ったミランの腕が捕まえられた。引き下ろされ、壁へ押しつけられる。太ももをミランの股間へ当てたティモシーは、淫らなリズムを刻み始めた。

思わず目を閉じそうになり、ミランはまつげを震わせる。快感に負けるほど弱くはない。けれど、ティモシーの動きは扇情的だ。性的な刺激に慣れていないミランは、男同士の行為だということも忘れそうになる。

闇を睨み、一瞬だけ身体の力を抜いた。崩れ落ちる寸前に、ティモシーの腕に抱き止められる。わざとだ。わざと抱かせて、すかさず彼の肩へ腕を投げ出す。首を傾げてくちびるを近づけた。

背中に腕が回り、首筋の裏に指が這う。

「……はっ、ぁ……っ」

くちびるを吸われて息が漏れた。ティモシーの指は熱く、ミランは震えながら目を閉じる。マルティンとの密会を目撃されたのなら、下手に言い訳をしても仕方がない。

その場しのぎは自分の首を絞めるだけだ。

「あの男とも、こういうことをしたんだろう」

キスの合間にささやかれ、ミランは物憂げに息を吐いた。

「まだ、してない。……まだ」

声がかすれ、久しぶりに味わうキスの快感に体温が上昇する。

男に興奮する趣味はないはずだったが、絶妙に動くティモシーの舌先には煽られてしまう。強引なのに繊細で、かと思えば、ねっとりと執拗だ。

年下とは思えないテクニックに思わず感嘆しながら、引き際を探ってくちびるを逃がした。追われることはなかったが、身体は離れない。

ティモシーの指が下腹へ這い、彼の首筋に腕を回したミランは身をよじらせて拒んだ。

「きみじゃ、ダメだ」

キスと太ももの刺激で反応していたが、これ以上を許す気はない。

「どうして。まだ、なにもしていないんだろう。俺とそうなってもいいはずだ。それとも、あの男を追って転校したとでも言うのか？」

「そうだと言ったら？　なに？」

ミランはわずかに苛立った声を出し、年下の少年の首筋を引き寄せた。

主導権がふたりの間で行ったり来たりを繰り返している。有利なのはティモシーのように思え、ミランは心の奥深くが醒めていくのを感じた。

焦りと苛立ちが混然と入り混じり、ひどく厭世的で残酷な気分になる。主導権を渡すわけにはいかなかった。

「他人の行動に口出しをするものじゃないよ」

ミランは声をひそめてささやく。少しの動揺を見せたティモシーが、次の瞬間には笑い声をこぼした。薄闇の中で凛々しい眉根がゆるめられ、新たな余裕を見せつけられる。

ミランは睨むのをやめて微笑んだ。年下の少年に対する負けん気が目を覚ます。指先をいたずらに滑らせ、ティモシーのナイトガウンをたどる。紐を越えて、腰下を包んでいる布地をかきわけた。

ティモシーの寝間着に指を押し当て、足の付け根を探っていく。そこが膨らんでいることは、足に当たった感触で悟っていた。ミランと同じように、ティモシーも口づけに興奮していたのだ。

布越しにさすると、ティモシーの熱っぽい息づかいが耳元へ降りかかった。

ミランの手が引き剝がされ、布地の内側へと誘われる。

それと同時に、ティモシーの右手もミランの寝間着の中へ差し込まれた。

「……ぁ」

小さく声を上げたミランは腰を揺らす。逃れようとしたが、膝の間に差し込まれたティモシーの足が邪魔だ。

「今夜は、してもらえなかったんだろ?」

ミランの欲望をなぞる指は、行為に慣れている。驚くほどいやらしく動いた。

「そういう……、じゃない」

声が喉でくぐもり、言葉が途切れる。

根元から撫で上げられ、大きく息を吸い込んだ。負けじとティモシーを握りしめたが、思うように手を動かせない。

猛々しく太い肉塊は、撫でさするたびに跳ね回り、ミランはみっともないほどおっかなびっくりにしか対応できなかった。自分以外の男性器に触るのは初めてで、しかもぴったりと寄り添った対面だ。腕の動かし方もわからない。

「無理をしなくてもいいよ」

息を弾ませたティモシーが、思いがけず優しい声で言った。

「こっちが動くから、きみはそうしていて」

くちびるがこめかみに触れ、ほぼ同時にティモシーの腰が動き出す。ぴったりと触れているミランの手のひらに、しっかりと芯の通った屹立が線を引く。それは単調な前後運動だ。なめらかに、いっそう淫らに、溢れ出す先走りがミランの肌を濡らしていく。

ミランの先端も同じように濡れ、腰を動かしながらの器用な愛撫に息が乱れた。

「……っ。……ん……っ」

先端ばかりをこね回される。その快感に囚われそうになり、ミランは首を振る。むずかるような仕草になっていることに気づかず、あやすように触れてくるティモシーのくちびるを疎ましく思うばかりだ。

主導権がどちらにあるのか、ミランにはもう考えられなかった。

考えようとはしたが、その端から快楽にかき乱され、頭の中にぼんやりとしたモヤのようなものが広がっていくばかりになる。

「あ、あっ……」

先に音を上げたのも、やはりミランだった。身体が、ぶるっと震え、熱を帯びた息づかいを繰り返しながら腰がよじれる。栗色の髪が揺れ、汗ばんだ額に貼りつく。初夏とはいえ、夜風は冷たい。それでも身を寄せ合うふたりは熱く燃えていた。

どちらからともなく、相手のズボンから手を引き、代わりに自分の手で握り込んだ。

ズボンを腰からずらし、初夏のひんやりとした空気に性器を晒す。先端同士が触れたとき、ティモシーが笑いながら身を屈めた。

キスですくい上げるようにされて、ミランはのけぞった。壁にもたれ、先端を片手のひらで包みながら、もう片方の手で幹を扱く。

久しぶりの自慰だ。しかし、これが自慰と呼べるのかは怪しかった。キスは甘くミランのくちびるを濡らし、乱れた息づかいはどちらのものともわからないほどに絡み合う。

「あ……くぅ……」

ミランはぎゅっとまぶたを閉じた。腰が強張り、溜め込んだ精が出口を求めて溢れ出す。しかし、射精には至らなかった。

「緊張してるんだよ」

ティモシーの声がして、乱れた息づかいでくちびるを撫でられる。そして、濡れた手がミランの幹を摑んだ。

「だいじょうぶ。いかせてあげるから、ほら、力を抜いて……」

彼の精液で濡れた手が動くと、チュクッと水音が立つ。くちびるが深く重なり、這い回るような舌先に呼吸を奪われた。艶(なま)めかしい肉片の感触に、ミランは激しく息を乱す。主導権のことなどもう考えられなかった。ただひたすら、最後を求めて溺れていく。

「あっ、あっ……ぁ……っ」

巧みな手技だ。抗(あらが)いようもなく、声が溢れ出す。くちびるをキスで塞いだティモシーは、うまく息を継がせながらミランを喘がせ、もてあそぶように手筒を動かした。

焦(じ)れたミランの腰は揺れ動き、早く達してしまいたくて涙が目尻に滲む。求めるように腰を突き出すと、ティモシーの手の動きが速くなった。

「ぁ、もうっ……」

ミランはか細く訴え、息をこらえた。ふたたびせり上がってきたものが、今度こそティモシーに導かれていく。

その快感はミランを大きく揺さぶった。

「あっ、あっ……」

最後の一滴まで絞り出され、手のひらで受け止めきれなかった体液がふたりの間へししたたり落ちる。

「……はっ、……ぁ」

壁にもたれたミランは、深い後悔に襲われながら空を仰いだ。肩を大きく上下させ、整わない息を繰り返す。

流れていく雲の端が、校舎に隠れた月の光を反射して金色に輝く。その不思議な美しさが、快感に溺れたミランをいっそうつらくさせた。こんな行為に流されている場合ではないと、現実が舞い戻る。しかし、してしまったのだ。

ミランが放心している間にも、ティモシーは素早く身繕いを済ませていた。自分が使ったハンカチの濡れていない部分をミランに示す。

受け渡しの寸前、ふたりは見つめ合った。

慎ましやかに目を伏せたのはティモシーで、いつまでも追いかけたのはミランだ。

しかし、睨む気力は残されていない。

ただ、都合のいい言い訳を探しているに過ぎなかった。

暗い部屋の中で、ミランは向かい側のベッドをじっと見つめた。

身体の中ではいまだ興奮が渦を巻き、下半身にも男の手のひらの感触が残っているような気がして、驚くほど巧みな動きを思い出す。ティモシーの身体は少年とは呼べないほど成熟し、もうすでに青年期を迎えた男のものだ。

ベッドに横たわったミランは、頭の下に敷いている枕の端を握りしめた。もてあそばれたとは思わなかったが、切り抜けられなかった後悔がいつまでも心に刺さる。胸騒ぎが収まらず、苦しさが募った。

肉体を武器にして任務をこなすことは、マイケルから固く禁じられている。子ども扱いだと内心で憤慨してきたが、それこそ自分の幼さだったと恥じ入ってくちびるを噛んだ。だれかと親密な関係を持つということは、それ自体にリスクがつきまとう。ミランにはまだ早いと、マイケルもマルティンも知っているのだ。

どうするべきだったのかと考えながら、溢れる焦りをなだめて息をひそめる。

部屋を出たときも、夜道を歩いていたときも、細心の注意を払ったつもりだが落ち度があったのだろう。いつから見られていたのかも不明だが、ティモシーの反応からして、マルティンとの会話は聞かれていない。ふたりの仲を怪しまれているだけだ。

なにごともなくこなせると思っていた任務に暗雲が立ち込め、兆した不安がむくむくと大きく膨らんでくる。

この任務は、どうやってでも遂行する必要がある。そうしなければ、ミランは組織から追い出され、たったひとりになってしまう。

ひとりは嫌だった。夜の闇をやり過ごせても、永遠の孤独には耐えられない。

いまさらに痛感して、ミランは小さく息を吸い込んだ。手足を縮めて小さくなり、自分の膝を抱く。

愚かな欲望に溺れてしまったが、ティモシーの相手をすることで秘密は共有された。それだけがわずかな救いだ。彼が黙っているのなら、ふたりの行為もマルティンには知られないで済む。

仕事をやり遂げ、マイケルやマルティン、ほかのメンバーにも認められなければならない。もう一度心に繰り返して、ミランはじっと闇を見据えた。

【2】

山から流れ落ちてくる早朝のモヤが晴れ、学園内は六月の爽やかな空気に包まれた。水分をたっぷりと吸った木々は、のびやかな枝に青葉を繁(しげ)らせ、降りかかる太陽の光を下草の上へランダムにこぼしていく。

朝食を済ませたミランは、友人たちと食堂を出た。心地のいい、山の空気を胸いっぱいに吸い込む。

「旧校舎の呪いっていうのはさ、単なる例え話なんだよ」

ニールが隣に並び、話の続きを始める。残りの友人たちは前を歩いていた。教科書を取りに行くため寮へ向かっているのだ。

「いろんな事情があって、挨拶もできずに転校していく生徒もいてさ。そういうときに、『旧校舎に呑まれた』ってジョークを言ったりするんだ」

転校してから半月が過ぎ、ミランはすっかり友人たちに馴染んだ。特にニール・ミランダルとは話が弾む。

「なにかあって、閉鎖されたんだろうか」

ミランは首を傾げた。

「そんなことはないよ。単なる老朽化で……」

「降霊術クラブで死人が出たって噂もあるけどね」

前を歩いていたひとりが肩越しに振り向いて言った。彼には年の離れた学園卒の兄がいる。入学前の弟をさんざんこわがらせて笑っているような兄だから、話半分もしくは大ボラに違いないと、いつも顔をしかめて話す。

「そういうのは流行があるんだ」

ニールが、友人の話を受けて言った。

「旧校舎の一階の窓と正面の入り口が塞がれているのは、肝試しをする生徒が出たからなんだけど……」

「じゃあ、完全に封鎖されているってこと？　取り壊せばいいのにね」

ミランは彼らを真似して、わざと軽い口調で答える。

「歴史のある建物なんだよ。グラウデンが独立する前から建っていて、ここを作った貴族が敷地ごと引き取ったんだ。時計塔の鐘は、新しい校舎の時計塔に移されてる。きれいな音だろう？」

ニールは自慢げに笑い、ミランの肩を叩いた。

「ときどき降霊術をしようなんて誘ってくるヤツらがいるけど、だいたいは酒と煙草を持ち寄った悪い遊びだからね。興味を持ったらダメだよ。特に、きみは顔がきれいだから気をつけないと」

「学校に見つかったら、どうなる？」

「休暇を取り上げられる！」

大げさに返され、ミランは笑いながら眉をひそめた。

「それは嫌だな……」

「そうなんだよ！　ぼくは絶対に嫌だ。でも、ロシュテイの地酒は美味いから悩ましい」

声をひそめたニールがいたずらっぽく笑う。

「そうなんだ？」

「そうなんだよ」

ふたりは肩をすくめ、顔を寄せ合った。

「手に入らないの？」

ミランが冗談めかして聞くと、ニールは軽いウインクで答えた。

「運がよければ回ってくる。たまぁにね」

酩酊の楽しさを思い出したような表情には、後ろ暗さが微塵もない。おそらく陽気に飲むのだろう。

ニールとなら楽しく飲めそうだと考えた瞬間、ミランはなにかにつまずいた。あっと声を上げてよろめき、ニールの肩にぶつかる。

同時に、複数の笑い声が聞こえてきた。嘲るような、嫌な響きだ。

「おい、わざとだろう！」

声を荒らげたのは、ミランを受け止めたニールだ。

「なんの証拠があって、そんなことを言うんだ」

道端でたむろしていた集団のひとりが鼻白んで言った。ミランを笑ったのは彼らだ。襟には八年生の学年章がついている。同学年だ。

「なにか証拠があるのか。あるのなら言ってみろ。……だれか見たか？　おれたちが、彼になにかしたか？」

これみよがしに声を上げたが、足を止める生徒はいなかった。好奇の視線を向けてくるばかりだ。

「なにもしてないのに、笑ったりするもんか！　嫌味な笑い方をしただろう！」

ニールがなおも声を荒らげる。ミランはとっさに彼の腕を掴んだ。

「いいよ、行こう」

そう促したのは、笑った集団のひとりに見覚えがあったからだ。すらりと華奢な身体で、整った顔立ちをしている。名前はマイラント・ヘンケル。

つい先日までティモシーの『お気に入り』だった少年だ。

しかし、いまは違う。そのことならニールも知っていた。

「ミランのせいじゃないぞ」

ティモシーとの関係について揶揄(やゆ)されたマイラントは、形のいい眉を片方だけ跳ね上げて、あごをそらした。

「その転校生が愚図だから、なにもないところでつまずいたりするんだよ。……みっともない」

顔つきは美しいが高慢だ。そこが魅力であり、ティモシーを疲れさせたところでもある。

ミランは反応を返さなかった。代わりにニールの腕をますます強く摑んだ。

ほかの仲間も彼を押さえる。ニールは意外と気が短いのだ。このまま放っておけば乱闘になる。

そうなれば、連帯責任でみんなが罰を受けなければならない。次の休暇が吹き飛ぶのを嫌がる仲間たちの気持ちが、ミランにもよく理解できた。

「みっともないのはおまえだよ、マイラント」

まったく違うところから聞こえた声に、ふたつの集団の注意が向く。

あまたの視線を引きつけ、悠然と近づいてくるのはティモシーだ。

ダブルブレストジャケットをきっちりと着ている一方、シャツの喉元は開いていて、リボンタイもゆるく結ばれている。波打つブルネットの髪をかきあげただけのたわいもない仕草が、朝の光の中でも色めいてさまになっていた。

「彼をよく知りもしないで、愚図だなんて言うものじゃない」

彼の声は、穏やかでありながら独特の圧を感じさせる。あたりの空気が一変するのを感じ、ミランは素早く視線を巡らせ、マイラントを見た。

きゅっと引き結んだくちびるの端が震えている。ティモシーを見つめる瞳は、非難がましくもすがるようだ。

一方的に別れを告げられた彼は、ティモシーの新しい『お気に入り』がミランだと思い込んでいるのだろう。

寮の外ではほとんど会話をしないが、ティモシーがわざわざ部屋を移ったことは知れ渡っている。学園一の色男が目新しい転校生に狙いを定めたと噂されても仕方がない状態だ。

ミランは苦々しい気持ちになった。どんな言い訳を並べたところで、マイラントとティモシーの関係が終わったことは事実だ。慰めになるどころか、マイラントは余計に傷つくだろう。自尊心が高いからこそ、なおさらだ。

「早くしないと、授業に遅れてしまうよ」

すっと近づいてきたティモシーの手が、ごく当たり前のようにミランの肩を抱く。

隣に並んだニールが小さく飛び上がるように息を詰め、ミランは思わず首を左右に振った。誤解だと仕草で訴える。

彼には誤解されたくない。せっかく構築した友情にヒビが入るのも、妙な距離ができるのも困る。

「やめてよ、冗談は……」

ティモシーを肘で押しのけ、慌てて腕の中から逃れる。

鋭い視線を送ってくるのはマイラントだ。燃えるような目を向けられたが、ミランは動揺しなかった。無表情に受け止め、瞬時の思いつきで、すぐに戸惑いを装う。

顔を背け、ニールたちを促して歩き出した。肩越しに振り向くと、マイラントに引き止められたティモシーが彼となにごとかを話していた。

マイラントの表情は見えなかったが、不吉な予感しかしない。ミランの肩を抱くような真似をして、ティモシーはわざと周囲を誤解させようとしている。

「ティムはきみに首ったけだな」

困ったようなニールの声を聞き、ミランは肩をすくめた。嫌っているような態度は、心配を生むだけだ。ほどよい距離感を演じようと口を開く。

「ティモシーは意外に紳士だ。ニールが心配するようなことはされていないし、そんな気はないと思うよ。マイラントとの関係を終わらせたかっただけだよ」

「なら、いいんだけど……」

ニールが心配そうに顔を歪めると、前を歩く友人のひとりが振り向いた。

「マイラントはかわいそうにな。ティムに夢中だったし、自分のものだと思い込んでいたんだろう……。自分がふられるなんて、想像もしてなかったみたいだし」

「顔はきれいだけど、性格はキツいからなぁ」

ニールが同意してうなずく。

「ぼくは、別に……なんとも思わないよ」

ミランは首を左右に振る。

「確かにティモシーは美形だけど。あんまりにも凄すぎるよ」

「……ミランが言うかなぁ」

ぼやくように言ったのは前を歩く友人だ。ほかのメンバーも、あきれたように肩を上下させる。

「マイラントよりはよっぽどお似合いなんだけどね。あっ、怒らないでくれよ」

「もしそうなっても、ぼくらとは友人でいてくれよ、ミラン」

ニールの手が気安く肩に乗る。本気なのか、からかっているのか。ギムナジウムのジョークにはまだついていけない。

ミランは素直な気持ちでため息をついた。

「そうなったときには、打ち明けることにするよ。友情に感謝しながらね……」

うそぶいて、ひとり先に歩き出す。友人たちは慌てて追ってきた。

並木の間に緑の風が吹き抜け、ミランの肩先に感触がよみがえる。ニールではなく、ティモシーの体温だ。制服のジャケットを着ているのに、まるで素肌に触れられたように生々しく感じられる。

それは、昨晩の記憶のせいだった。

寮室の窓辺で、ミランの肩を抱き寄せたのはティモシーだ。

ニールや友人たちには絶対に打ち明けられない。友情に感謝するからこその秘密だった。

いつの間にか、ティモシーとの間には、そういう取引が成立していた。

あの夜の一回だけでは済まず、学園の用務員であるマルティンとの密会を黙っている代わりに、もう幾度となく同じことを繰り返している。

自慰の手伝いをさせられ、取引だと知らしめるようにミランも快楽を促される。自分はいいと断っても無駄だ。ちょっとした隙に指は忍び込み、触れられると拒みきれなかった。快楽に弱すぎるのではないかと、自分の身体を不安に思ったが、そんなことはだれにも相談できない。

マルティンに言えば、危機を逃れるために肉体を使ったことが知られてしまう。マイケルに伝えられ、任務が打ち切られることもありえた。それは最悪のシナリオだ。試験は途中失格となり、ミランは組織から弾き出される。

背筋がぞくりと震え、急に寒さを感じた。組織との繋がりを失い、新しい人生を探すことなど想像もできない。ある日突然、家族を失うようなものだ。

マルティンとの二回目の接触は、二日後に予定されている。昨日、メモを渡された。ミランから報告できることはなかったが、マルティンは新しい情報を得ているかもしれない。ふたりが探っているのは、旧校舎の時計塔と降霊術クラブの謎だ。

この三年間で、五人もの生徒が『旧校舎に呑まれ』ている。ニールはジョークだと言ったが、そうではない。

年齢もさまざまな五人の生徒は一様に気がおかしくなり、霊魂を向こう側へ置き忘れてきたかのように自我を失っていた。ある者は精神科病院に入り、ある者はみずから命を断った。彼らの友人だった生徒は校長に呼び出され、そのときどきに事情を聞かれている。共通していたのが『降霊術』というキーワードだ。

心霊現象だと訴えた生徒もいたようだが、大人が信じるような話ではない。

事態はもっと現実的で、そして醜悪だと、あたりはついている。

ミランは、くちびるを引き結び、友人たちを騙すための笑みを浮かべた。そして、まとわりつくようなティモシーの感触を振り払い、授業に遅れないため、足早に歩いた。

月が欠け、光の乏しい夜だ。

寮室は闇の中にあり、ミランは窓辺に立っていた。ペンライトを握り込んだままカーテンの隙間から外を見る。森もまた、闇に包まれ、黒く大きな塊でしかなかった。

目を凝らして、男の姿を探す。闇の中で、懐中電灯が点滅しないかと待ち続けた。しかし、ただの闇が広がるばかりだ。

ミランのナイトガウンと寝間着の裾は夜露に濡れていた。前回と同じように部屋を抜け出し、前回とは違う場所で落ち合うはずだった。しかし、マルティィンは現れなかった。

長く待ち続けることはできず、あきらめて戻ってきたのが一時間ほど前のことだ。

ミランは吐息を呑み込んだ。もう一度、指定場所へ行ってみようかと思い、そんなことは無駄だと思い直す。拳を握ってほどき、やけに騒ぐ胸へと手のひらを押し当てた。

落ち着かない。マルティィンが場所や時間を間違えるとは考えられず、ならば自分が記憶違いをしたのだろうかと不安に駆られる。確認しようにもメモは手元にない。すぐに処分したからだ。

ベッドで寝返りを打つ気配を感じ、ミランは我に返った。ベッドに横たわっているティモシーの寝息が聞こえないことに気づく。窓の外から視線を転じると、彼はゆっくりと起き上がるところだった。

「出かけたと思っていたよ」

あくびをしつつベッドを出て、椅子の背にかけたナイトガウンを引き寄せる。袖を通しながらミランに近づき、カーテンの隙間から外を覗いた。

「真っ暗だな。会えなかったのか」

あご先を摑まれ、ミランはそっぽを向いた。手を振り払って逃れようとしたが、踏み込まれてしまう。あとずさった背中が窓脇の壁に触れた。

「今日は、気分じゃない」

胸を押し返して拒んだが、ティモシーは引かない。

顔を覗き込まれ、逃げる間もなく、くちびるが重なる。ごく当たり前のようにキスをされて腹が立った。いまはそれどころじゃないのだと喚き散らしたくなり、ミランはいっそう悲しくなる。

「ケンカでもしたのか。傷ついたような声だ。硬い……」

しくじったかもしれない不安と、これぐらいのことは想定内だと開き直る気持ちが交錯した。吸い込んだ息で喉が引きつれ、首を左右に振る。

自分が半人前のエージェントであることを思い知らされ、現実の厳しさとままならなさに胸が張り裂けそうに苦しくなってしまう。これではダメだと悔やんでも、焦りが募るばかりで理性を取り戻せない。

「俺とのことを、責められでもした?」

額を合わせるように触れさせたティモシーが、ミランの首筋に指を這わす。

「かわいそうに思うなら、もうしないでくれ」

肌を撫でられながら顔を背けると、手からペンライトが奪われた。ティモシーはくるくると指で回し、すぐにミランのナイトガウンのポケットへ滑り落とす。

「どこで出会ったのか知らないけれど、肌を合わせていない相手に操を立てるなんて古風だな」

からかうように言われ、ミランは冷たくつぶやいた。

「なにも知らないくせに」

あごを引いたまま、ティモシーを睨む。

闇の中でも、表情がわかるほど顔の距離が近い。

「そうだな。なにも知らない。……きみが、俺との快楽に、弱いこと以外は」

くちびるがさらりと触れ合い、もう片方の手が下りていく。抗うことのできない欲望に怯え、ミランはとっさに目を閉じた。

想像通りに手のひらが押し当てられ、布地越しの感覚にぞくりと震えてしまう。

ティモシーは満足そうに笑い、キスを続けながら両手でミランのズボンを引き下ろした。下着も一緒に脱げ、下半身が露出する。しかし、すぐに手のひらで包まれた。揉み込まれ、分身はあっけなく伸び上がる。

ミランは惑うように息を詰めた。片手が摑まれ、ティモシーの昂りを握らされる。

「都合が悪くなることもあるだろう。そんなに気にするな」

「うるさい」

不機嫌な声で答えたミランは自棄になった。ティモシーを黙らせるために手を動かす。少しは慣れてきた手つきに、ティモシーの息が乱れ、またキスが始まる。

恋人同士さながらの行為だった。不思議と、うっとりするような気配が広がり、ミランはくすぐったさを覚えて身をよじる。ティモシーのせいだとわかっていた。彼の色気が雰囲気を作り出すのだ。

「顔に似合わず、口が悪いな。きみは」

乱れた息の合間で、ティモシーが笑う。

「育ちが悪いんだよ。見てわからない？」

挑戦的に言い返したミランは、八つ当たりついでに睨みつけ、くちびるを尖らせた。子どもっぽいとわかっていたが、そうすることでしか、欲望に溺れていく不安を晴らせない。

それに、ティモシーへ突っかかると、胸のつかえが取れるようにスッと楽になるのだ。焦りが消えて、理性が戻る。その代わりに、欲望が目を覚ます。

「見てもわからないな」

ティモシーは片眉を跳ね上げながら、ミランの問いに答えた。

「きみは、きちんと躾けられているように見える。きれいだし、生意気だし……。口が悪くてもいいんだ。一緒に行動している連中には隠している顔を、俺に見せているだろう。

それがいい。凄く……」

指が艶めかしく性器へまとわりつき、ミランは大きく伸び上がって息を吸い込んだ。

「な、にが……っ」

腰が脈を打つように震え、恥ずかしさに首を振る。栗色の髪が乾いた音を立てて跳ねた。

「きみになら、噛みつかれても平気だ。それで気が済むならね」

八つ当たりをしていることを言われ、見抜かれていることに気づいたミランは苦々しく顔を歪めた。これではどちらが年上なのか、わからない。

ふたりの年の差は二歳。たった二年だが、学園の子供たちより大人のつもりでいたミランには悔しかった。

「……気持ちよくなることは、悪いことじゃない。気晴らしになるだろう?」

互いの屹立の先端が触れたかと思うと、ティモシーの腰がいやらしく動いた。硬い先端が、ミランの裏筋をなぞっていく。そして、両方の欲望が手のひらに閉じ込められた。

「あっ……」

一緒くたに扱かれ、手で握られるのとは違う感覚を知る。

「ミラン……」

甘くねだるようなティモシーの声に促され、顔を歪めながら口を開いた。こういうとき、ティモシーの態度は弱くなる。ミランの自尊心がくすぐられ、性的な遊びは無意識に正当化される。

誘いに乗って差し出した舌先に、そっと吸いつかれた。快感の痺れにまといつかれた腰がわなわなと震え、そのまま上半身がよじれていく。

押さえつけるようにティモシーの胸が近づき、くちびるがぴったりと重なった。差し込まれる舌がミランの口の中で動き回り、濡れた肉片同士が淫らに絡み合う。

「ん……。はっ……ぁ……っ」

喘ぎながら、ミランは激しい自己嫌悪に陥った。

いけないことだと知っていた。こんな一過性の戯れに引きずられている場合ではない。マルティンの心配そうな顔が脳裏をよぎり、組織で成果を待っているマイケルの顔も思い出された。

しかし、そのどちらもが淡く霧散していく。

「あぁ……、いい感じだ」

快感に酔ったティモシーの声に煽られ、互いの性器がこすれ合う刺激に溺れていく。ミランは震えながら相手のナイトガウンに摑まった。指先を這わせて肩までたどりつき、首筋に腕を回す。

首を傾け、いっそう深く、くちびるを重ね合う。

恋情さえないままに、乾いた欲望がふたりを支配した。ミランは快楽に浸り、隣室に聞こえない程度に声をこらえて喘いだ。

乱れた息は絡み合い、部屋の温度が上がっていく。

欲に溺れる罪悪感の片隅で、ミランは言い訳を考えた。マルティンに対して、マイケルに対して。そして、行うべき任務に対して。

この男を利用するのだと繰り返し、甘えるように身を寄せる。そのためにはもっともっと親密にならなければならない。

快楽を与えている気にさせて、夢中にさせて、彼が少しのよそ見もしないように。

「……あっ」

ミランの身体がびくっと跳ね、驚いたような表情のティモシーに顔を覗き込まれる。

「だいじょうぶか？　立っていられないなら、ベッドへ行こう」

気づかわしげに声をかけられたが、首を左右に振って断った。

「違う……違うから……」

答えながら迷いを覚える。さっきまでとは異なった不安に駆られ、ミランは浅い息を繰り返した。

ティモシーの視線から逃れ、彼の首筋へとしがみつく。ナイトガウンが頬にこすれ、めまいを呼び起こす男の匂いを嗅いだ。

ミランは自分の吐き出す甘い声に身を委ね、快感だけが確かに積み上がるのを感じた。

やがて頭の中が真っ白になる。ティモシーの手のひらの熱さだけが、ミランを満たした。

＊＊＊

昼食の時間が終わると、しばらくの休憩があって午後の授業だ。

ミランは教室の前方に座り、黒板の数字を見るともなく眺めていた。数学は苦手だが、理解はしている。予習も欠かさないので、指名されても正解する自信があった。

しかし、選ばれたのは別の生徒だ。もごもごと答えに詰まる。教室の中はしんと静まり、開けた窓から湿った空気が流れ込んでくる。雨の降り出しそうな気配がした。

ミランはうつむき、教科書を見る。文字は頭に入ってこなかった。

マルティンとの接触に失敗したことが胸に重く、気持ちが沈む。その上、今朝は姿も見えなかった。

いつもなら、朝食のあとで姿を見かける。寮へ寄って教科書を取り、校舎へ向かうまでのタイミングだ。用務員として働くマルティンとは目も合わせなかった。しかし、遠くにいるのを互いに確認している。

そこにいてくれるという事実だけで、ミランには心強かった。

姿が見えなかった理由を考え始めると、さまざまな不審が不安へ変わっていく。ミランはいたたまれない気持ちでため息を呑み込んだ。

昨夜はなかなか眠れず、朝の目覚めも最悪だった。起き上がるのが億劫なほど身体が重いのに、このまま、マルティンと会えなくなるような気がして焦燥感に苛まれた。一刻も早く顔が見たいのに、朝食のあとも、昼食の前も、休憩時間のわずかな暇に敷地内を歩いても、彼の姿はなかった。

約束の場所にわざと現れなかった可能性が脳裏をよぎり、ミランは即座に否定する。けれど、否定しきれないものがあった。

もしかしたら、と考えてみる。

ミランをグランツ・ブリューテ・ギムナジウムへ編入させるため、マイケルとマルティンは架空の事件を作り出したのではないだろうか。『友人を作らせて、学園生活に馴染ませる』ことが彼らの目的だったなら、マルティンが二度と現れないことだってありえる。

ミランの胸の奥はきりきりと痛み、鼻の奥がつんと痛くなった。

大人たちは何度も話し合っていたのだ。ミランが五歳ぐらいのとき、十歳のとき、そして十五歳の頃も。長く面倒を見すぎたとだれかが話し、それでも施設に入れるよりはよかったと言葉が飛ぶ。では、今後はどうするのかと、話はいつもそこで途切れた。

本人に決めさせよう。決めるほどの知恵もない。じゃあ、学校に。いまさら、学校なんて。じゃあ、どうするんだ。どうしよう、ミランはどうしたい？

聞かれて、言葉に詰まった。どうして、ここに居場所がないのか。それを一番に聞きたかった。けれど、聞けば最後、ここはきみの家ではないと言われそうで口ごもったのだ。広い世界を見てからでも遅くはない。マイケルはそう言ったけれど、出てしまえば、戻ることが容易でないことも知っていた。

手伝っていれば、それぐらいのことはわかる。彼らの行動が、合法と違法の狭間にあることも、理解していたのだ。

しかし、こんな手の込んだことをしなくても、ミランを寄宿舎へ入れることぐらい簡単だろう。マイケルは老獪な紳士だ。優しさを装った辛辣さで、ミランを言いくるめてしまうに違いない。

マルティンの姿が見えない理由が体調不良という可能性もある。そうだとしたら、騒ぐだけ損をする。

考え込んだミランは、教師に指名されて立ち上がった。

なに食わぬ顔で黒板の前へ歩み出た。板書された問題を機械的に解く。心乱れても、表には出ない。それは訓練された結果であり、元からの個性でもある。

ミランは颯爽と席へ戻ったが、教師の感心したような拍手は耳に入らなかった。感情は内にこもり、悶々とするばかりだ。

マイケルに連絡を取りたかったが、携帯電話を持っているのはマルティンだけだ。学園は山の中にあるので、そもそも普通の携帯電話では電波が届かない。生徒の所持は禁止され、連絡手段は寮の電話のみだ。しかも、マイケルからの定時連絡以外のやりとりは許されていない。ミランの都合で連絡することはできないのだ。

机に肘を突き、片手に持ったペンをくるくる回す。ほかの生徒たちからは、数学の問題で悩んでいるようにしか見えないだろう。

授業が終わると、ミランは深いため息をついた。退屈な数学の時間がやっと終わったと言わんばかりの笑顔を作り、友人たちに混じって教室を出る。

「ミランは凄いね。あんな難しい問題を、さらっと解いてさぁ！」

ニールに肩をぶつけられ、曖昧に笑ってごまかした。

「え？　あぁ……」

指名されて席を立ったことは覚えているが、問題を解いた記憶が飛んでいる。頭の中は、考えごとでいっぱいだ。心配そうな視線を向けられていることにも気づかなかった。

「なんだか朝からうわの空だな、ミラン。熱でもあるんじゃないのか」

「それはよくない。医務室の場所がわからないなら、連れていってやるよ」

ニールの言葉を聞き、別の友人が振り向く。

片手に教科書を抱えたミランは肩をすくめた。

「寝不足なんだよ、それだけだ。昨日、数学の予習を頑張ったから」

「なるほどな。うまく解くわけだ」

朗らかに笑った友人たちの声に、ミランは内心で胸を撫で下ろした。本当のことを言えるはずがない。

そのとき、遠くから声がかかった。

「こんにちは！」

明るい声は、幼さの残る下級生のものだ。一同の視線が廊下の向こうへ注がれる。

挨拶を投げてきたのは、ヨナス・タンデルだ。友人たちの中から飛び出してきて、ミランの前に立った。ティモシーのフォローが入ったおかげでいじめられることがなくなり、見違えるほど屈託がない。金色の巻き毛と相まって、あどけない笑顔が天使のように愛らしい。

ミランもつられて、笑いながら答えた。

「きみは元気そうだね。ヨナス」

「元気がないんですか？　顔色が悪いような……、医務室なら」

心配そうな瞳は、友人たちとまったく変わらない。ミランは苦笑いで首を振った。

「寝不足なんだよ。遅くまで数学の予習をしていたから」

同じ言い訳を口にすると、ヨナスも素直に信じた。

「そうなんですか……。今日はゆっくり眠ってくださいね」

「ありがとう、そうするよ。ほら、友達が待ってるよ」

笑顔を返して促すと、ヨナスはくるりと背中を向ける。金色の巻き毛が華やかに跳ねた。

「あの子、あんなに明るかった？　なんだか、かわいいね。……あ」

肩に肘を乗せてきたニールがもたれかかってくる。かと思うと、ミランの耳元で驚いたように声を発した。なにごとかと彼の視線をたどる。友人に合流したヨナスが、ティモシーに呼び止められているところだった。

思いもかけないことにヨナスは舞い上がり、彼の友人たちはあんぐりと口を開いたままであとずさる。ティモシーの影響力は絶大だ。

通りすがりの生徒たちも、好奇心旺盛な目でふたりを見る。背を屈めたティモシーと、仔栗鼠のように伸び上がったヨナスは絵になった。

周りがこそこそと耳打ちを始め、ふたりを巡る噂話が飛び交う。さざめく笑い声にミランの心は波立った。しかし、なにに対して心乱れているのか、自分でも理解できない。マルティンのことを無理に思い出し、ティモシーとヨナスから視線をはずす。ミランは無表情に戻り、それから作り笑顔を浮かべた。

次の授業の教室へ向かうため、ニールの背中を押して促す。

笑うことは簡単だ。目の力を抜き、くちびるの端を両頰の筋肉で引き上げる。それだけで、心の中のざわめきはすっかりと隠せてしまう。

視界の端に、ヨナスとの会話を終えたティモシーが見えた。制服のジャケットを翻し、大股に近づいてくる。上質の夏生地で仕立てられた制服は、どの生徒も画一のパターンを使っているはずだが、彼の着こなしは際立っていた。

ゆるく結んだリボンタイが胸元で揺れ、それさえ艶めかしい色男だ。十八歳の若々しさが、ほかの少年たちとは別の角度に振れている。学舎(まなびや)にはふさわしくないが、どこにいても絵になるから憎らしい。

「ミラン、話がある」

出し抜けに言われ、そっけない表情を向ける。ニールは素早く視線を動かし、ミランとティモシーとを交互に見た。

「先に行ってるよ」

「いや、いい。一緒に行く」

思わず引き止めると、ニールの表情が引きつった。ティモシーが無言の圧をかけている。ミランが見据えても効果はなく、ニールはいっそう居心地悪そうに首をひねった。

「やっぱり、先に行ってる」

あとずさるように離れていく友人を引き止めきれず、ミランはそぶりだけ明るく送り出した。振った手を上げたまま、ティモシーを睨む。

しかし、いつものごとく鷹揚(おうよう)な微笑みで受け流されるだけだ。

「場所を変えよう」

ティモシーに促され、手を摑まれる。とっさに振りほどいたが、ふたたび握られた。生徒の流れとは逆へ進む。

「授業に遅れたくないんだ」

苛立ちを隠さずに言ったが無視される。人通りの少ない階段を下りて、通用口から外へ出た。

コの字型の校舎に囲まれた中庭だ。中央に六角形の噴水が置かれ、芝や樹木が幾何学模様を描いている。

教室から教室へと移動する生徒たちは、ふたりを気に留めることなく行き過ぎた。朗らかな笑い声も一緒に流れて遠ざかる。

空は曇り、雨が降り出しそうな気配だ。仰ぎ見ていたミランの腕を、ティモシーが引く。スクエアに刈り込んだ庭木の裏へ入った。

「寮室でだって話せるだろう」

腕を乱暴に振りほどくと、ようやく解放される。不機嫌にくちびるを歪め、ミランは痛みを訴えるように手首をさすった。

「早く伝えておこうと思ったんだ。気を確かに聞いてくれ」

身を屈めたティモシーの顔が近づいてくる。あとずさるのも癪(しゃく)に思え、ミランは胸を張りながらあごをそらした。

居丈高に構えたが、ティモシーの瞳に挑戦的なところはなかった。それどころか、今日の空模様に似て陰鬱だ。彼らしくない表情だと気づき、ミランは眉をわずかに動かした。まばたきも忘れて、不吉な表情のティモシーを見つめる。

その両腕がそっと伸びて、ミランの身体を包んだ。しかし、まだ触れてはいなかった。触れる前に、ティモシーが口を開く。

「今朝、森の中で倒れていた男が救急搬送された。用務員のヘルゲ・ヘーバルトだ」

聞き覚えのある名前だ。ミランはふっと息を呑み、ティモシーから目を逸らした。

それはマルティンの偽名だった。

ミランが倒れると思って待ち構えた両腕は、やはり触れることなく宙に浮いている。

妙に紳士的だ。彼らしくもない。

そんなことを考えながら、どんよりと暗い雲を見上げた。息をつき、目を伏せる。

ティモシーは誤解をしたままだ。ヘルゲ・ヘーバルトと名乗っていたマルティンとミランの間に、特別な関係があると信じている。

昨日、ミランは彼と会うはずだった。けれど、すれ違い、逢瀬は叶わなかった。

「彼、どうなったの」

あえて演じるまでもなく声が震える。それが未熟さの表れであることをミランは自覚した。苦々しさが胸に広がったが、大きなショックを受けるよりは上等だと思い直す。

まだ、己を客観的に見る冷静さは残されている。

「亡くなってはいない」

「……まだ？」

「そんなことはわからないよ」

口にすることさえ不吉だと言いたげに、ティモシーの声が硬くなる。

「もうじき、みんなが知るだろうから、先に教えておきたかったんだ。だいじょうぶか」

いっそう腰を屈め、ティモシーが顔色を窺ってくる。見つめ返そうとしたミランは、それができずに髪を揺すった。

「どうして……。彼とは、なにもなかった。……別に」

マルティンとの関係は家族のようなものだ。

ティモシーとすることの一部分でさえ、彼とは考えられない。まだ幼かった頃は、抱きしめられたり、振り回されたり、頬へのキスもしたが、すべては親愛の域を越えなかった。もしも越えるようなことがあれば、マイケルが許さなかっただろう。

ティモシーは小さく息を継ぎ、穏やかな声で言った。

「なにかをすることだけが、関係を作るわけじゃない」

宙に浮いていた手が、ミランのジャケットの袖に触れる。夏生地の上から、体温が滲み伝わってきた。

それ以上はなにも言わず、抱き寄せられる。

ミランの額が彼の制服のジャケットに触れ、息を吸い込むと、衣装ダンスにひそませたポプリの香りがした。薄荷煙草の残り香と混じり、ハーバルな夏草の匂いは郷愁を誘う。

ミランは目を閉じた。

深く息を吐き出し、新しい空気をゆっくりと胸へ送る。

そうして、ようやく、伝えられた情報が頭に入ってきた。体調を崩したどころの騒ぎではない。一大事だ。

「詳しいことを調べてみるから、夕食を部屋で食べながら話そう」

耳元で話すティモシーの声には、失意のミランを気づかう響きがあった。卒倒するか、取り乱すと考えていたのだろう。

「ヨナスに、きみの分も運ぶように頼んでおいた。それも当番生の仕事だ」

本来なら角部屋の生徒だけの特権だが、ティモシーに意見する生徒はいない。ヨナスも喜んで働くはずだ。

「行かなくちゃ」

授業のことを思い出し、ミランは顔を上げた。

身体から腕を離したティモシーが、ポケットの中から取り出した懐中時計で時間を確認する。

「ゆっくり歩いても、まだ間に合う」

そう言ってポケットへ時計を戻す。

「平気そうだな」

嫌味には聞こえなかった。どこか感嘆するような響きがあり、ミランは自然と微笑んだ。

「きみから聞けてよかった」

背筋を伸ばして、あごを引き、その場を離れる。ミランを見送るティモシーは動かなかった。次の授業のために急ごうという気配もない。

欠席するつもりなのだろうかと考えたミランの頬に、ぽつっと小さな水滴が当たる。厚い鈍色(にびいろ)の雨雲が垂れ込め、水の匂いが鼻先をかすめた。

マルティンの身に起こったことを考えそうになり、慌ててかぶりを振る。雨を避けるように校舎へ飛び込んだ。ティモシーは濡れないだろうかと振り向く。

ふたりがいた場所は庭木の陰になって見えなかった。

足早に教室へ向かう。入ると同時にチャイムが鳴り、ミランは急いで席につく。目の前に座った友人が振り向いた。

「大事件だよ、ミラン。用務員がひとり、事故に遭ったらしい」

「見つけたのは、マイラントだって話だ」

別の友人も口早に教えてくれる。

あたりを見回すと、だれもがその話題に夢中になっているのがわかった。

「事件かもしれない」

「いや、時計塔の呪いかも」

別のグループの話が聞こえてくる。

「どうして、そうなるんだよ」

「だって、マイラントが見つけたんだ。きっと、そういう仲だったんだ。降霊術クラブの……」

少年は一瞬だけ声をひそめた。その横顔には、淫雑な噂を愉しむ、歪んだ好奇心が垣間見える。

教室のドアが音を立てて開き、年老いた歴史の教師が入ってきた。机に腰かけて友人と話していた生徒たちが慌てて席に戻る。

「……授業を始める前に話がある。もう知っている者もいるだろうが、今朝、用務員のヘーバルトさんが救急車で運ばれた。持病があってのことだ。事故や事件ではないから、妙な噂話に耳を貸さないように」

嘘だ、とニールがつぶやいた。彼の席はミランの後ろだ。

ほかの生徒たちもざわざわと騒がしくなる。

「先生！　ヘーバルトさんの荷物に霊応盤があったって、本当ですか！」

だれかが声を上げ、あちこちでくすくすと笑いが起こる。

教師は重いため息を吐き出した。

「またか……。学校側は、荷を探るようなことをいっさい、行っていない。だから、そんなことはまったくの嘘だ」

「じゃあ、あるかもしれないってことですよね」

「ない。あるわけがない。……いいかい。きみたち。旧校舎の呪いなどと言って、面白おかしい怪談を作って遊ぶ分にはかまわない。しかし、立派な大人に対して『リアスト教』の嫌疑をかけることは、とてつもない侮辱だ。その点は、よくよく考え直しなさい」

老教師の口調は強く、教室の中はしんと静まりかえった。

「いいかい。そんなものが学園内に持ち込まれているのだとしたら、きみたちこそ、誘惑に打ち克つ勇気を持たなければならないんだ。……さぁ。授業を始めよう。教科書を開いて」

言われるままに教科書を開く音が重なり、授業が始まった。

ミランは息をひそめ、教師の指示通りのページを開く。旧校舎の噂と、降霊術クラブ。マルティンは、その両方を調べていた。そして事故に遭った。偶然とは考えられない。

学園の秘密を探るマルティンは、旧校舎の秘密に近づいていたのだろう。中へ入るための鍵を見つけたのかもしれない。もしくは、関係者を突き止めたのか。しかし、それをミランに告げることなく、何者かに襲われたのだ。

サポーター不在で残されたミランは、わずかな緊張に震えた。マイケルの判断が『撤退』となる可能性もあるが、このまま留まり続ける気構えは失っていない。

いまは考えても無駄だと割りきり、不安を打ち消した。


午後の授業のあとで、ミランは寝不足から来る体調不良を理由に、友人たちの誘いを断った。時間つぶしの雑談に参加すれば、そのままの流れで食堂へ向かうことになる。ティモシーとの約束を果たすためには、夕食を断り、寮室にこもらなければならなかった。

寮室へ戻り、ジャケットを椅子の背にかける。少しだけ休むつもりでベッドに横たわった。初めはあれこれと考えが巡り、目も冴えていたのだが、やがてまぶたが重くなってくる。

栗色のまつげが、視界の中で上下に揺れるのを見つめ、ミランは深呼吸を繰り返す。睡魔がするりと近づいて、あっという間に意識が遠のく。

途中で、窓が開かれる気配がした。

ティモシーも帰ってきたのだろう。小雨の音が心地よく響き、湿った風が部屋に入ってくる。浅い眠りにたゆたうミランは、彼が窓辺で歌う声を聞いた。

流行歌ではなく、クラッシックなオペラの旋律だ。声が動き、部屋の中を行き来しているのがわかる。やがて彼が自分のベッドから持ってきた薄掛けの布団が、ミランへかけられた。ミランの薄掛けは身体の下にある。

無意識に小さく丸まっていたミランは両手両足を伸ばして横臥した。枕は自分で引き寄せる。乱れた前髪が指先に撫でられた。

その間だけやんでいた歌声がふたたび聞こえ、うっすらと目を開ける。遠ざかる紺色のズボンが見えた。動きはなめらかで、独特の落ち着きがある。ふと、つま先立ちになり、軽くワルツのステップを踏んだ。

美しい動きに哀愁を感じ、ゆめうつつのミランは目を閉じる。雨音は続き、ゆるやかな三拍子を真似る。ワルツのリズムだ。そしてティモシーの甘い歌声も、ワルツを奏でる。ミランは意識を委ねて眠りに落ちた。

夢も見ず、次に目を開けたときは、仰向けになっていた。

天井から下がるライトを眺め、朝が来たのかとぼんやり考えながら寝返りを打つ。腹ばいになって窓を見ると、外はうっすらと明るかった。

「日が落ちたところだ」

向かいのベッドから声がして、ミランは寝ぼけ眼で振り向いた。

「どれぐらい寝ていた？」

「ほんの二時間ほど」

「あぁ、けっこう寝たんだな」

上半身を起こし、両手を大きく突き上げる。うぅんと唸（うな）りながら伸びをして、ベッドをおりる。裸足でペタペタと歩き、窓の外を眺めてようやく、靴も靴下も脱がされていたことに気づいた。

雨はやんでいて、静かな夕暮れが森の上に広がっている。夕食へ向かう生徒たちの声が、外からも廊下からも聞こえてきた。

「ヨナスはひとりで運んでくるの？　ふたり分だと大変だ」

ミランはベッドの端へ戻った。靴に差し込まれた靴下を手に取る。

「だれかと一緒に運ぶように言っておいたから、問題ないだろう」

「そう。じゃあ、平気かな」

いまはもう、いじめられっ子の面影もなくなったヨナスは、いつも友人たちに囲まれ、ひとりでいることが珍しいほどだ。

寝起きのミランがトイレに行って戻ると、ちょうどヨナスと友人が夕食を運んできたところだった。つき添いの友人は緊張しきりの顔ですぐに部屋を出てくる。廊下に立つミランを見て、強張った笑顔を浮かべながら会釈をしてきた。

「ヨナスを手伝ってくれたの？　どうもありがとう」

礼を述べながら肩を叩き、開いたドアの隙間から中を覗き込む。ヨナスの背中が見えた。ティモシーが向かい合って立っている。

ミランに気づくと、軽く手を上げた。その仕草でヨナスも肩越しに振り向く。

幼さが残る頬は紅潮していた。愛らしいはにかみは、ティモシーに対するものだ。隠そうとしても隠しきれない好意を溢れさせ、ミランへの挨拶もそこそこに視線を戻す。

「また、なんでもおっしゃってくださいね。お役に立ちますから」

当番生として扱われたことがよほど嬉しいのだろう。ヨナスは興奮気味だ。身体の横で拳を握り、背伸びをするように踵を浮かせている。

勢いに押されたティモシーはジャケットのポケットを探り、取り出した薄荷煙草を見て苦笑いを浮かべた。それを元へ戻し、今度は逆のポケットへ手を入れる。

「駄賃にね」

出てきたのは、銀紙の両端をねじったチョコレートだ。購買部では売っていない、有名メーカーのものだった。

ヨナスの手を掴み、友人の分も合わせてふたつを握らせる。

「食堂へ戻るまでに食べてしまったほうがいい。やっかまれると、また周りがうるさくなるからな」

冗談を言ってからかったが、ヨナスはまるで気づいていない。ミランの立ち位置からも、憧れの人を映して輝くような瞳が見えた。

隠しようのない好意は熱っぽさを含んでいる。いつまでもそばにいたいと言わんばかりだが、ティモシーは動じなかった。

平然としたいつもの態度で、軽くあしらうように外へ出す。ヨナスはなおも笑顔をもらおうとして引き下がらず、意外な押しの強さにミランは肩をすくめた。

微笑ましい光景だ。ティモシーは仕方なく微笑み、食堂へ急ぐようにと声をかけてドアを閉めた。

ため息をつくかと思ったが、それもなく、平然と部屋を横切る。それぞれの食事は、窓際の机の上に置かれていた。

まずミランの分を持ち上げたので、慌てて声をかけ、運ばれる前に取りに行く。トレイに載っているのは、鶏肉のトマトスープとマッシュポテト、それからパンがふたきれ。

平日は質素な夕食が続くものの、噂に聞いていたほど不味くはない。学園の食事はどこの寄宿舎と比べても味が確かだと、友人たちも誇らしげに口を揃えたぐらいだ。

ただ、たまの週末に出てくるステーキは硬く、ハンバーグのほうが何倍もましと顔をしかめていた。

ミランがトレイを持ってベッドへ上がると、ティモシーは自分のベッドへ腰かけた。ジャケットを脱ぎ、リボンタイもはずしている。

壁にもたれたミランは、パンをちぎりながら言った。

「ヨナスはすっかり、きみに夢中だ。まさか、次に手を出すのは彼だったりしないだろうね」

冗談半分の嫌がらせだとわかっているティモシーは肩をすくめた。

「あんまりにも子どもだ。そんな趣味はないよ」

なにげない発言だが、ミランは違和感を覚えた。

リアスト教、という単語が、思い浮かぶ。学園の生徒たちは、倒れたマルティンを見つけたのがマイラントだと知り、即座に霊応盤を想像した。そして、教師もまた、即座に彼らをたしなめた。

霊応盤とリアスト教を結びつける素地が、学園の中にあるのだ。それはつまり、問題になったことがあると言うことだ。

「ミラン、どうした」

パンをちぎったティモシーに問われ、ミランは物思いとは別のことを答えた。

「ヨナスの母親は再婚したんだってね。それを思い出していたんだ。いじめられているのを助けたとき、彼は母親を恋しがって泣いていたから」

「どこの寄宿学校でも珍しいことじゃない」

表情を変えず、ティモシーは淡々と言った。

「親には親の人生があって、子どもはときどき厄介だ。一緒にいて疎外感を覚えるぐらいなら、離れていたほうがいいこともある」

「さびしさには慣れるから？」

「……きみは、いままで親元にいたんだな。さびしいのか」

向けられた眼差しにからかいの色はなかった。マルティンのことがあるからだろう。どことなく気づかわれている。

「ヨナスが感じているようなさびしさはないよ。……あの子は、もうさびしくないんだろうか」

「波があるんだ。休暇で家に帰れば、またぶり返すこともある。でも、呼び戻さない親もいるからね。そういう家の子は、精神的に安定しなかったり、荒れてしまうことが多い。それでも生きていかなくちゃならないから、慣れていくんだ。……寄宿学校は、カッコウが選ぶ巣のようなものだよ、ミラン」

「カッコウ？」

「そう、鳥のね。カッコウは托卵（たくらん）をする鳥だ。別の鳥の巣に、自分の卵を産みつけて育てさせる。グランツ・ブリューテ・ギムナジウムは設立当初から、その役割を織り込んだ学校だ。進学率よりも、居心地のよさや情操教育に力を入れてきた。……旧校舎が閉じられるまでの話だけれど」

「いまは、違うの」

「子どもや大人が、昔とは違うってことさ。親の考えはそうでもないみたいだけど。あとは規模の問題もある。……そんなことより、本題に入ろう」

ある程度の食事を済ませたティモシーが改まる。

「ヘルゲ・ヘーバルトのことだ」

「……うん」

不安がる演技をしてうつむくと、ティモシーは続きを口にした。

「彼は病院で治療を受けていて、いまはまだ意識不明だ。鈍器で頭を殴られていたらしい。彼については、これぐらいしかわからなかった」

「うん、ありがとう」

深刻そうな表情で答えながら、ミランは内心、最悪の結果も覚悟した。しかし、即死でなかっただけでも、いまは不幸中の幸いだ。まだ希望が繋がっている。

「発見したのがマイラント・ヘンケルだって話は本当？」

「本当だ。でも、彼からは話を聞いていない。探っていることが知られると、困るんだろう？」

どのことを言われているのか、ミランは判断に迷った。スプーンを口元に運んでスープをすする。

ティモシーが立ち上がり、食事のトレイを机へ戻した。窓辺で振り返る。

「きみと彼の関係を問いたいけど、聞けば答えてくれるのか？」

パンを小さくちぎったミランは、それを口には運ばず、皿へ戻して目を伏せた。

「大事な人だ。家族みたいな……」

思いがけず視界が滲み、涙が一粒、膝へ落ちる。自分が泣いていることに驚き、食欲を失う。ミランは戸惑いながら続けた。

「きみが思うような、関係じゃない。彼は子どもに手を出す大人じゃない」

マルティンにとってみれば、ミランは未熟な少年でしかない。彼に大人だと認めてもらうために、ここへ来たようなものだ。しかし、成長を見せる間もなく、こんなことになってしまった。

悔しさが涙に変わり、視界が揺らぐ。

「わかった。信じるよ」

凜(りん)とした声が響き、靴裏が床を鳴らして近づいてくる。ミランのベッドに腰かけたティモシーの手が、立て膝を抱えたミランの指に触れた。握りもせず、ほんの少し撫でただけで離れていく。

「泣くことは悪いことじゃない。彼の無事を祈って、泣くといいよ」

手の甲をとんとんと叩き、ミランが鼻をすすると身を引いた。ベッドの上のトレイを持って立ち上がる。

ふたり分のトレイを部屋の外へ出し、ドアに鍵をかける。ヨナスに片づけも頼んであるのだろう。

「きみは、変な男だな」

ミランの声は鼻声だ。じわじわと浮かんでは流れる涙を拭い、額を押さえて息をつく。

ティモシーは、ミランの座るベッドの端へ腰を下ろした。

「そうかな。どんなふうに?」

「まるで学生らしくないし、遊び人かと思えば紳士で、変に大人びてる」

「きみもそうだと思うけどね」

あえて明るい口調で話しているが、ティモシーにわざとらしさはない。声のトーンが胸に染み込み、ミランは笑いながら片膝を抱え直した。その足先のすぐそばにティモシーが座っている。

「こういうふうになるしかなかったんだ」

物心がついてからのことを思い出し、苦々しく口元を歪めた。

「俺もそうだ」

後ろ手に身体を支えたティモシーと目が合う。

ミランは彼に対して、そこはかとないシンパシーが芽生えるのを感じた。同じようにティモシーも感じているだろう。

生まれも育ちも違うけれど、大人びてしまうような環境が、ふたりに共通している。

彼に感じる感情は、組織のメンバーから受けてきた愛情とは違うものだとミランは思った。おそらく、友情と呼ばれるべきものだ。

ミランが二十年間、だれとも共有したことのない感情だった。

「ティモシー、きみは、ぼくに下心があるの？」

警戒を見せながら尋ねると、ティモシーは答えに詰まった。

「ん……。ないと言えば、嘘になる。きみはきれいだから」

「顔がよかったら、だれでもいいのか」

ミランが不快感をあらわにすると、ティモシーの頬がかすかに引きつった。

「そう言うなよ。人間は見た目じゃないし、外側が整っていても、中はからっぽだってこともある。それを確かめてみたくなる性分なんだ」

「……同性愛者じゃないんだろう？」

「そのつもりだけど、女だけが対象だと思ったこともないな。要は相性だ。心と身体と、それから考え方。そのすべてにおいて、尊敬に値する人間が現れるのを待っているんだ」

「そのどれかにしておいたら？　すべてを兼ね備えるなんて、かなりハードルが上がるよ」

「高い壁を登るのが、好きなんだから仕方がない。その方が、楽しいと思わないか」

「なんでも持ってる貴族の言いそうなことだ」

人生にゆとりのある証拠でもある。ほどほどに知識を身につけ、卒業証書を手にすれば、あとはもう悠々自適に過ごすことができる。あくせく働く必要のない不労所得者層の人間だ。暇にあかして、政治にでも首を突っ込んでいればいい。

「……そうだな」

当てつけがましさを含んだミランのもの言いを聞き流し、ティモシーは穏やかに相づちを打つ。

ブルネットの髪が精悍（せいかん）な額にかかり、かきあげる仕草がセクシーだ。

「ねえ、ティモシー。授業のとき、だれかがヘーバルトさんの部屋に霊応盤があったって噂を口にしたんだ。そうしたら、先生が、ずいぶんと強い口調で怒った。ここで、そういう事件でもあったの？」

ふと、聞いてみたくなった。ティモシーなら、友人たちとは違う噂を耳にしているかもしれないからだ。

しかし、彼はふざけて笑うだけで話を変えた。

「ティムって呼んでもいいのに。みんな、そう呼んでいるだろう？　ほら、ティムって呼んでみて」

質問を無視されたが、怒る気にはなれない。

親しげに見つめられると、どんよりと湿気の高い部屋が乾いていく気さえする。

彼には場の空気を変える力があった。主導権を握る術を心得ているから、一匹狼として過ごせるのだ。

「……ティ……ティモシー……」

愛称で呼びかけてみようと思ったが、急に恥ずかしさを覚えて元へ戻る。身体が熱く火照り、手のひらに汗をかく。

「いいだろう。どっちでも」

「愛称だと親しい感じがするじゃないか」

やっぱりダメかと小さくつぶやいて、ティモシーは話を元へ戻す。

「えっと、霊応盤の話だったか。ヘーバルトさんの荷物の話はわからないけど、『霊応盤』イコール『リアスト教』に繋がる素地が、この学園にもあることは確かだ」

「リアスト教って、あれだろう。霊応盤を使って、怪しい儀式をする集まりの……」

「そう。小児性愛を正当化するための新興宗教だ」

ティモシーが言った。悪魔クラブと称されることもあるのは、降霊術クラブを騙(かた)り、引き入れた子どもをトランス状態に陥らせるからだ。

そのためのアイテムが霊応盤だった。びっしりと文字が書かれた盤の上に、小さなカップを伏せておき、メンバーは指を乗せる。すると、そこに霊的なものが降りてきて、自然とカップを動かし、啓示を行う。インチキ極まりない遊びだ。

「どこの寄宿学校でも、悪さをするためのクラブはあるものだ」

ティモシーはブルネットの髪をかきあげ、淡々と言った。

「だいたいは生徒だけで組織されるから、よっぽど噂にならない限りは学校側も放置する。厄介ごとを嫌う学校なら特にそうだ。犠牲者が出ても、対処しない」

「親が転校させてしまうから？」

「悪い噂が立てば、生徒がいなくなる。経営が立ち行かなくなるぐらいなら、真実を隠すだろう」

「じゃあ、ここも、そういう方針なんだろうか」

「どうだろうな」

「時計塔の呪いって、そういうことなんだろう？　旧校舎の中で降霊術が行われてるって、みんなが思ってるんだ。だから、霊応盤の話が出てくるし、リアスト教への参加を疑うことは侮辱だって言うんだろう」

組織へ持ち込まれた事件の詳細でもあった。

首謀者は生徒ではなく大人で、それも教師のだれかというところまで調べがついている。

「……ミラン。ヘーバルトさんは、あの人は、降霊術クラブのことを探っていたらしい」

「え？」

初めて知ったふりをして、小首を傾げる。わざとらしくならないように気をつけたが、ティモシーの眼差しは危険だ。ちょっとした嘘も見逃さない鋭さがある。

「じゃあ、それを調べていけば、彼を痛めつけた犯人がわかるってこと？　やっぱり、マイラントも関係しているんだろうか」

「……首を突っ込むのは、よしておけ」

「どうして……っ」

息を吸い込み、前のめりになって詰め寄る。ミランの両肩を受け止めたティモシーは、太い眉をひそめて言った。

「リアスト教が絡んだ降霊術クラブは、不良生徒が集まって乱痴気騒ぎをするようなものとは違う」

それはミランも知っている。リアスト教の降霊術では、麻薬の一種を焚くのだ。トランスの心地よさを覚えさせ、その上で性的虐待を行う。卑劣極まるやり口だ。そして、小児性愛者だけでなく、異常性愛者の巣窟にもなっている。

「……でも、きみだって、マイラントが参加しているんじゃないかと心配しているんだろう？」

ミランが問うと、ティモシーはうなだれるように肩を落とした。

「まぁ、関係はあったからね……、気にはしているけど」

責任を感じているのだろう。マイラントは、だれから見てもティモシーに夢中だった。

「ティモシー。きみは、旧校舎の秘密を知っているんだね？」

まっすぐに見つめて身を寄せると、両肩を押し戻される。

「近いよ。キスしてしまいそうだ」

いまさら顔を背けられ、ミランは膝でにじり寄った。

「あれだけ何度もしておいて、よく言うね」

片手を伸ばして、ティモシーの顔を引き戻す。

「頼むよ。ぼくは真相が知りたい。もしも、彼が死ぬようなことがあったら……」

口にしたくもない不吉な言葉だ。ミランは顔を歪め、肩で息をした。時間が経（た）つにつれて、現実が身に染み込んでくる。

もう二度と、マルティンに会えないかもしれないのだ。

声も聞けず、言葉も届かない。子ども扱いされて、心配されることもなくなってしまう。

「わかったよ、ミラン」

口に出さない言葉を表情の中に読み取ったティモシーが、降参したように両手を顔の脇へ上げる。

「でも、ひとつだけ約束してくれ」

ティモシーが真剣に言う。

「真相を突き止めたら、あとは警察に任せるんだ。いいね。それを約束してくれたら、きみを手伝う。旧校舎の秘密が知りたいんだろう」

「嫌だって言ったら？」

「全力で邪魔をする」

「どうしてさ」

「……きみを気に入っているからだ。傷つくようなことはして欲しくない」

まっすぐに見つめられ、ミランはたじろいだ。まるで、愛の告白でも始まるような雰囲気だ。

「顔の、話……？」

「身体の相性もいいほうだと思ってるよ」

ティモシーは軽い口調で答えた。

「約束するだろう？　ミラン」

「わかった。協力してくれるなら」

「それじゃあ、探偵団の結成だな。……よろしく」

ミランの前に右手が差し出される。ごく自然な仕草だ。ぴしりと伸びた長い指は、マイケルの年老いた手や、マルティンの肉厚な手とは違う。少年と青年の境にある端正さは美しく、ミランの目を釘づけにする。

みずからの手指を省みながら、これまで交わしてきた握手を思い出した。そのどれもがたわいもない挨拶だ。これほどまでに緊張を強いられたことはない。

もったいぶったふりを装いながら、ミランは握手を返した。握ろうとしたところで手汗に気がつき、ベッドライナーで手のひらを拭う。

改めて、ティモシーの手を握った。

体温を感じたのと同時に強く力が入る。引き寄せられるのかと身構えたが、ティモシーは微塵も動いていなかった。あごを引き、まぶたを押し上げる。精悍さがいっそう際立ち、上目づかいに見つめられたミランは苦しさを覚えた。

人の価値は、生きた長さで決まるのではない。なにを見て、なにを感じ、なにを身につけてきたかで決まる。

そんなマイケルの言葉が脳裏をよぎり、ミランは静かに微笑みを浮かべてみせた。

自分にどれほどの価値があるのだろうかと、消灯を迎えた部屋の中で考える。天井には闇が広がり、月の光も差し込んでこない。

静かな呼吸を繰り返し、ミランは目を閉じた。眠れる気はまるでしなかった。

マルティンの大きな身体とたくましい顔つきがまぶたの裏に浮かび、ハッと息を呑んで目を見開く。彼の額へと血が垂れる想像に身震いがした。

考えないようにするほどに、夜闇の静寂がミランを追い詰める。

どんなに上背があっても、身体を鍛えていても、背後から頭を狙われたらひとたまりもないだろう。

マルティンがどさりと倒れる姿までもが浮かんできて、ミランは寝返りを打った。ベッドは軋みひとつ響かせず、衣擦れの音が耳につく。窓の外の音は聞こえなかった。窓もカーテンもきっちりと閉まっている。

その代わり、隣室の話し声が振動になって伝わってきた。かすかに響く。

床を踏む音は自分の背後から聞こえた。ミランはゆらりと肩越しに視線を投げた。

眠っているとばかり思っていたティモシーが、向かいのベッドから近づいてくる。

黒い影にしか見えなかったが、学校指定の寝間着を着ていることは知っていた。膝丈のシャツタイプで、ズボンはつかない。しかし、中級生から上級生は、自分たちで用意したズボンを穿く。

「眠れないんだろう。そっちへ行って」

なにのことを言っているのか。すぐにはわからなかった。しかし、布団の端がめくられ、ベッドマットがわずかに沈む。

「抱いて寝てやるから、もたれておいで」

隣へ横たわったティモシーは、ごく当然のように言った。ミランの背中にぴったりと体温が寄り添い、布団の上へ出た腕で胸を抱き寄せられる。

拒むタイミングを逸したが、いつだって追い出すことはできた。しかし、ミランはそうしなかった。自分の腕を枕にしたティモシーの息づかいが髪に触れ、これまで、ずっとひとり寝だったことを思い出す。

眠れずに泣いた夜も、発熱で喘いだときも、励ましに手を握られた記憶しかない。ミランの周りの大人たちは、子どもに添い寝するという考えがなかったのだろう。

「どうして……」

かすれた声で問うと、ティモシーは静かに答えた。

「さびしいだろうと思うから……」

こわれものを扱うように抱かれ、ミランの身体は緊張した。幾度か交わした性的な行為を思い出したが、ティモシーはただ寄り添っているだけだ。

ミランの背中にティモシーの胸が当たり、やがて心臓の音が響いてくる。これほど強く、人の気配を感じたことはなかった。ふたりはひとつの塊になり、それぞれに正体さえ摑めない孤独が互いの心音に溶けていく。

自分の心臓の音も伝わっているのだろうかと不思議に思い、ミランはようやく息を吐き出しながら身体の力を抜いた。背中をティモシーに預ける。

「彼を、好きだったのか」

ささやきが髪を撫でるように聞こえ、ミランは闇を見つめた。

「優しかったんだ」

答えたのと同時に、そう多くはない思い出がよみがえり、瞳が熱くなる。涙がじわりと滲み、ミランはすんっと鼻を鳴らした。ティモシーの腕に遠慮がちな力がこもる。

「……ラブ？　リーベ？　アムール？」

ティモシーがに口にしたのは、どれも『愛』という言葉だ。ミランは黙り、なにも答えなかった。

リアスト教の話をしたばかりだ。マルティン演じるヘルゲ・ヘーバルトが、未成年を薬物で虐待するような異常性愛者でないことは伝わっただろう。

しかし、ミランとの間に、ごく自然な同性愛関係があった可能性は残している。

ふたりはそれきり黙り込んだ。ティモシーも重ねて問うことはなかった。ゆっくりと手を動かし、ミランの肩をとんとんと優しいリズムであやすばかりだ。

そのリズムと背中に寄り添う体温を感じているうち、ミランのまぶたは重たくなった。

眠りたくないと感じる自分のことを、不思議に思う。

途切れていく意識の中で、ティモシーの頬が髪に触れるのを感じた。まるで恋人同士が抱き合うようにして、ふたりは朝までぐっすりと眠った。

【3】

マルティンが病院へ運び込まれた翌日の夜。ミランは電話口まで呼び出された。

「家族からの電話だって。急いだほうがいいよ」

伝言を頼まれた生徒に言われ、ジャケットを取らずに部屋を出る。階段を駆けおりた。

寮生への電話は、監督室へかかる。まずは教師のフリッツ・オーゲン・ブラントが応対に出て、それから、監督室の隣にあるブースの電話へ繋ぐ。寮生が勝手に使用することはできない規則だ。

「あまり、長話にならないようにね」

眼鏡を指で押し上げたブラントが微笑みを浮かべる。転校して初めてかかってきた家族からの電話だ。積もる話があることはわかっていると言いたげだった。

栗色の髪を揺らしてうなずいたミランは、はにかみを向けて一礼をし、ブースの中へ入った。

「もしもし？　ミランです」

受話器を耳に押し当て、偽名のままで呼びかける。閉じたブースの窓から、立ち去るブラントが見えた。

「元気そうだな」

受話器から聞こえたのは、年老いた男の低い声だ。マイケルだった。

「そんなはずがないでしょう。聞いていないんですか？」

ミランが言い返すと、電話の向こうのマイケルが笑った。

「取り乱さずに行動しているようで、なによりだ。彼の様子はメンバーが確認した。意識は取り戻したが、記憶に混濁があるようで、事情が摑めない。きみに問題がないようなら、このまま続けてもらいたいが……どうしたい」

「尻尾を巻いて逃げ帰るとでも？　そんなことをしたら、そこに居場所がないことも知っています」

「そう突っかかるな。……いいか、くれぐれも巻き込まれるな。彼がいない分、不利な立場だ。参加者が判明した時点で連絡をくれ。それ以外での連絡は禁止だ」

「連絡を入れたあとは……」

「決めた通りだ。こちらが手配する」

本来ならマルティンが手配を行い、捜査班が現場に踏み込む段取りだった。

「サポートが必要なら、新しい者を送るが……」

マイケルの言葉を遮り、ミランは素早く答えた。

「いりません。足手まといになりますから」

口調に力を込めると、電話越しのマイケルが笑った。強がりだと思っているのだろう。

ミランは苛立ちを抑えて短い電話を終えた。ブースの外に出て、寮監督室のドアをノックする。入室を許可する声が返るのを待って中を覗き込んだ。

「ブラント先生。電話が終わりました」

「あれ。早かったじゃないか」

開いた本に栞を挟んだブラントが、椅子から立ち上がる。本をサイドテーブルへ置き、ブースの鍵をポケットから取り出した。

「そうですか？　離れて暮らしてみると、電話で話すのは照れくさいものですね」

戸口に立つミランは直立の姿勢で答えた。

「そういうこともあるね。なにか、困ったことは？　なんでも相談してくれてかまわないんだよ」

指先で眼鏡を押し上げたブラントが腰を屈める。顔を覗き込まれたミランは、とっさに笑顔を作った。

「問題はありません」

「そうか……。なら、よかった」

ドア枠を摑んだブラントに促され、ミランは一礼をした。その場を辞して歩き出す。肩越しに振り向くと、ブースに施錠するブラントが見えた。

彼は哲学の教師だが、地味な見た目と退屈な授業内容のせいで人気がない。本人は生徒たちの評価を気にもかけず、身なりも授業内容についても改善は考えていないようだ。

行き交う生徒もまばらな階段をのぼるミランは、例えばと考えた。

例えば、ブラントが降霊術クラブを主催していたとしたら。

ホームシックや仲間はずれに悩む生徒と懇意になり、相談ごとを聞くうちに信頼を得ていく。心の隙間に入り込むのに、外見や授業内容は関係ないだろう。そして、旧校舎で降霊術クラブを開く。心の弱った生徒は興味本位から性の世界を覗き、薬物に溺れて見境をなくす。

ミランは足を止めた。後ろから駆け上がってくる気配に気づき、貼りつくように壁へ寄る。なにごとか急いでいる生徒が息を切らして走り抜けた。

リアスト教を知っている生徒たちが、教師とはいえ、大人から誘われて降霊術をしようなどと思うだろうか。飛び跳ねるように消えていく生徒の背中を眺め、ミランは思案を巡らせた。心の強い人間には想像もできない心理があることは確かだ。世間を知らない下級生なら、ありえる。

しかし、犠牲になったと思われる生徒たちの年齢はばらばらだ。

ミランの所属する組織も、生徒たちが陥った錯乱状態の原因に対して、二通りの可能性を考えていた。

ひとつは、大人が主催するリアスト教の降霊術クラブで、薬物による酩酊状態を引き起こした可能性。もうひとつは、子どもだけで行った降霊術による集団催眠状態の可能性だ。どちらであっても、調査は慎重を要する。探っていることが知られてしまえば、真相を究明する手立てはなくなってしまうからだ。

この問題は欧州全域の寄宿学校に広がっている。リアスト教の信者には独自の連絡方法があり、ひとつの降霊術クラブが形成されると、面識のない信者たちが入れ替わり立ち替わり参加するようになる。つまり、宗教の名の下に、薬物と洗脳による強制性交の場を作っているのだ。

おぞましいという言葉がこれほど当てはまる集団はない。

調査が入っているとわかれば、彼らはきれいさっぱり証拠を消して姿を隠す。首謀者はなに食わぬ顔で日常生活を送り、ほとぼりが醒めた頃にまた降霊術クラブを形成する。

一方で、不良学生たちも彼らを真似て降霊術クラブを作り、歪んだ支配関係を繰り広げていた。

悪循環のループを想像して、ミランは重いため息をつく。壁から離れて階段をのぼり始めると、制服のハーフパンツが見えた。白い布を大事そうに抱えた下級生だ。

「こんばんは、ミラン」

声をかけてきたのはヨナスだった。屈託のない上機嫌な表情は、微笑ましいほどあどけない。

「こんばんは、ヨナス。こんなところでどうしたの」

第一寮は中級生以上の寄宿舎だから、下級生の姿は珍しい。

「ティムから用事を頼まれたんです」

肩をすくめて嬉しそうに言う。腕に抱えているのは、ティモシーのシャツだろう。自分の寮に持ち帰り、アイロンをかけるのも当番生の仕事のひとつだ。

「ミランのシャツも二枚ほど預かってきたので、アイロンをかけて戻します」

かまいませんかと視線で問われ、ミランは笑顔を返した。栗色の髪がさらりと揺れる。

「もちろんだよ。でも、申し訳ないね」

「いいんです。当番生として働けるのは、ミランのおかげだから。これぐらいのことしかできませんけど……本当にありがとうございます」

「礼を言われるほどのことじゃないけどね。第三寮まで送っていくよ。もう外は暗いから」

のぼってきた階段を戻ると、ヨナスは素直についてきた。ふたりは寮の建物を出る。

寮と食堂を結ぶ道には外灯がともっていた。中級生と上級生が暮らす第一・第二寮は近くにあるが、下級生の暮らす第三寮とは離れている。生徒の行き来が少ない時間に歩くとさびしい。

「本当は、帰るのが少しこわかったんです。走れば、すぐなんですけど」

白いシャツを両手に抱えて歩くヨナスはうつむきがちに笑った。

山に囲まれているせいか、夜風は冷たく感じられる。ミランはシャツ一枚で出てきたことを後悔しながら、自分の身体に片手を回して歩いた。

日中は生徒が寝転ぶ芝も闇に落ち、森の音が静かに響いてくる。風にざわめく木々の葉擦れの音だ。空には星が輝いている。

「ぼく、本当に嬉しいんです」

シャツを抱えたヨナスの声が弾んで聞こえた。

「ティムはみんなの憧れで……。あのブルネットの髪。素敵だと思いませんか？」

第三寮が見えてきたところでヨナスが立ち止まった。ミランも足を止める。

「……彼によく似合っているよね」

相づちのつもりで答えたが、ミランを見上げるヨナスの顔に笑みはなかった。緊張した面持ちでじっと見つめられる。

どうしたのと、ミランは問わなかった。一瞬で察してしまったからだ。

ヨナスが思い詰めた表情で口を開いた。

「あの……、ふたりは、どういう関係なんですか。ティムは……あなたといるために、部屋を」

「そうじゃないよ。転校した初日に彼が越してきただけだ」

「みんなは……、ミランがきれいだから、って」

ヨナスはうつむいた。言葉を探すように首を揺らす。

彼はティモシーが好きなのだ。

そう思ったミランの心に、隙間風が吹き込んだ。言いようのない哀しさに囚われる。

「そういう男だものね、彼は」

冷たい声で言って、ヨナスの肩へ手を置いた。

「彼はね、いい人間ではないよ」

「……セックスフレンドを取り替えるから、ですか」

下級生の間でもそんな話をするのかと、ミランは驚いた。

うぶな子どもだとばかり思っていたヨナスのことが、急に生々しく感じられる。ティモシーへ向けられる愛情も、性的な願望を含む恋心なのだと理解した。まだあどけなく見えても、キスや抱擁や、その先を想像する年齢なのだ。

「そうだね」

ヨナスに対してうなずきながら、ミランは昨晩のティモシーを思い出す。なにひとつ性的な要求をせず、不安な心にそっと寄り添ってくれた。それもティモシーの一面だ。群れることを嫌う一匹狼だが、悪いばかりの男ではない。

マイラントとの関係も、彼なりの想いがあって始まり、そして終わっただけのことだ。遊んで捨てたとは言いきれなかった。

「ミランは、なんとも思っていないの？」

ヨナスが震える声で尋ねてくる。

「そういう目で見たことはないよ」

冷静に答えながら、ミランの心の中は乱れた。

彼のキスも、指先も知っている。

淫らな息づかい、いやらしい仕草。たくましい腕と厚い胸板。心臓の強いリズムと、柔らかな寝息。

性に奔放で、シニカルで、孤高でありながら、他人の心の痛みも知っている。

「ヨナス。憧れと恋は違うものだよ。彼は……」

言い聞かせるミランを遮り、ヨナスは激しくかぶりを振った。ほのかな外灯の光の中で、巻き毛が揺れる。

「わかってます。わかっているけど……」

パッと上げた顔は涙ぐんでいた。

「もう、ひとりでだいじょうぶです。ありがとうございました」

バネのように勢いよく頭を下げたヨナスがいきなり駆け出す。寮の正面玄関へ飛び込んでいく背中を見送り、ミランはもう一度、自分の身体へ腕を回した。山の冷気にぶるっと震え、来た道を戻る。

心の奥がチクチクと痛み、ヨナスのあどけない瞳を思い出す。ひっそりと輝いていた憧れは、ひとつの恋だ。ヨナスは、ティモシーに恋をしている。

それをミランは理解していた。だからこそ深入りしないようにと釘を刺したのだ。したり顔で、と苦々しく思う。

ヨナスの想いを否定する必要はなかった。ティモシーの表面的な部分にも、魅力的なところはたくさんある。未熟な下級生だからこそ憧れる危険な匂いだ。

ただ好きでいるだけなら、同意しておけばよかった。背中を向けたとき、ヨナスは涙を流したかもしれない。傷つけてしまったのだ。

なぜ、あんなふうに否定したのか。

ミランは闇を見据えた。道端のライトが届かない芝生の向こう。かすかに聞こえてくる木立の音へと耳を傾ける。

だれかがティモシーを好きでいること。それを見聞きしただけで、どうしてこれほどに陰鬱な気持ちになってしまうのか。知らない感情が胸に湧き起こり、思わず天を仰いだ。

マルティンなら答えを教えてくれたかもしれない。あるいはマイケル。それとも、メンバーのだれか。いつもそうだったように、謎かけに秘められたヒントぐらいは与えてくれただろう。

しかし、ミランはいまひとりだ。頼れるマルティンはおらず、マイケルに相談することもできない。我が身ひとつで対処していく試験の真っ最中なのだ。

ミランは両手を胸の前で開いた。手のひらへ視線を落とす。不安に駆られ、指を組み合わせようとしたが、すぐにほどいた。指先を、シャツの胸元へ押し当てる。

神を信仰したことはなく、祈る相手もない。だから、頭上に輝く星に願う。

まず第一に、マルティンの記憶が戻るように。

そして、すべてを無事にこなせるようにと繰り返す。

ふと、背中に体温を感じた。昨晩、眠りの中でさえ感じていた温かさがよみがえる。胸の奥が引きつれ、言い知れぬ感情が湧き起こった。後ろ暗いようでいて優しく、なのに、心の柔らかい場所がかきむしられる。

ティモシーの片腕はミランの身体に巻きつき、一晩中ずっと、その心がどこか遠くへ流されてしまわないようにと引き止めてくれていた。彼がいなければきっと、ミランは一睡もできないまま朝を迎えていただろう。

不安は募り、職務を遂行する気力が保てたかどうかも怪しい。

まばたきをしたミランの、びっしりと生え揃ったまつげが震える。

頭上にまたたく星は、だれの上にも平等に輝く光だ。しかし、今夜のミランには、自分だけの景色のように思えた。

胸の奥の甘い引きつれに、ため息さえもが溶けていく。

ヨナスはティモシーに恋をしている。マイラントもまだ好きでいるだろう。

ティモシーはそのどちらも愛さない。けれど、いつかはだれかを選ぶのだ。

そのとき、彼の意識はミランから離れてしまう。涙のしずくを指で拭ったり、哀しみに寄り添ったりしてくれることはなくなるのだ。

ふたりの間にあるシンパシーは、その程度のものだろう。

闇にたたずむ黒い森に目を向け、ミランはじっと立ち尽くす。だれも通らなかった。だれひとり、ミランの物思いを遮らない。

都会の空では見られない星の輝きに包まれて、ティモシーの精悍な横顔を心に描く。

遠のいていた意識はやがてゆっくりと元へ戻り、収まるべき場所へと静まった。

任務を遂行するのだと、まなじりを決して、その場を離れた。

＊＊＊

昼食時間の食堂はにぎやかだ。

いくつかの選択肢があるメニューから好きなものを選び、自由な席に座って食べる。仲良しグループで集まることが多く、ミランも友人たちに混じっていた。

夕食も同じシステムだが、毎週末の休み前の夜だけは、すべての生徒が集まるディナーとなる。

「じゃあさ、みんなでランチを食べてから、映画を見るヤツと買い物をするヤツに分かれよう。それでいいだろう？」

目下の話題は、週末の休暇についてだ。

「ミランはどっちにする？」

隣の席に座ったニールが振り向く。

「映画かな。必要なものはないし……」

「じゃあ、別のグループだ。どんな映画だったか、聞かせてよ。それはそうと、午後の授業が終わったら、数学を教えてくれないかな。この前の小テストの結果が悪くてさ」

「再テストになったのか。いいよ。今日の午後にやろう」

「助かるよ！　ミランに教えてもらうと、よくわかるんだ」

ニールが胸を撫で下ろすと、向かいに座ったひとりが身を乗り出した。

「なになに？　数学？　おれも教えて欲しい」

「いいよ。じゃあ、自習室に集まろう」

ミランが請け負うと、ふたりは顔を見合わせ、どちらがより不出来な頭をしているかの言い争いを始めた。より悪いほうが勝つ、不思議なルールだ。

笑いながら聞いていたミランは、料理を提供するカウンターにティモシーの姿を見た。今日もひとりで列に並び、受け取ったトレイを手に外へ向かう。

目で追っていると、さりげなく視線が向けられた。雰囲気のある流し目にあてられ、ミランは肩をすくめて伸び上がる。

「あぁ、ティムか」

異変に気づいたニールが声をひそめた。

微笑みを残して去るティモシーから視線をはずし、ミランは手元の料理に目を向けた。今日はサンドイッチだ。

「意外にうまくやってるんだな」

「その気はないと宣言したから、妙なことはなにもないよ」

「じゃあ、口説かれたことはあるんだ？　まぁ、そうだよね」

ニールはひとりで納得してうなずく。

「マイラントの嫌がらせもなくなったみたいだし、元々のルームメイトは『赤毛のジョージ』だろ？　あいつは本当に協調性が欠片もないから……。ティムのほうがよっぽどいい」

「そうだね」

「……それにさ、ティムと同室だってみんなが知ってるから、言い寄られなくて済んでるもんな」

「また、その話か」

ミランが顔をしかめても、噂好きの友人たちはお構いなしだ。

「きみが編入してきたときは、つむじ風のように噂が吹き荒れたんだよ」

「本人は知らないだろうけど」

そうだそうだと、ほかのメンバーも相づちを打つ。

「季節はずれの転入生ってだけでも話題性があるのに、見た目もこんなんだから」

ニールが立てた人差し指を、ミランは黙って押し下げる。別の友人が言った。

「こんな山奥の寄宿舎に入れられる子どもなんてさ。捨てられたようなものなんだよ」

ケラケラと明るく笑うが、言葉は辛辣だ。ランチを食べながら、友人たちは口々に話し出す。

「そうそう。卒業したって、たいしたステイタスじゃないし」

「うちも家柄だけはいいんだけどね。金があるだけに、騒がしい子どもなんてさ、邪魔に思えば寄宿舎行きだよ」

「おとなしくすればいいだろ？」

「できないよ。退屈なんだから」

ちぎったパンがテーブルの上を飛ぶ。

「うちはアメリカに引っ越すって言うから断ったんだ。ここで暮らすほうが気が楽だよ。弟たちの面倒を見なくても済むし」

「ブリューテ校は山奥なのが難点なだけで、あとは快適だものな。適度な勉強、適度な運動。都会までは遠いけど、それなりの娯楽もある」

「実に牧歌的だよ」

「ミランはどう？」

ニールから話を振られ、ミランは友人たちの注目を浴びた。

「楽しいよ」

心からの感想だ。にっこり微笑むと、友人たちは額を押さえて天井を仰いだ。ニールだけがミランを見た。

「きみは都会の雰囲気がするよね。不思議な感じだ。まるで同い年に思えないものな」

屈託のない表情だったが、ミランは虚を衝かれた。

身元が割れる心配はないが、自分の行動に落ち度があったのではないかと考えてしまう。しかし、ニールたちには関係のないことだ。ミランが十八歳だと言えば、彼らは素直に受け取る。親兄弟がいないことも、特殊な育ちであることも、たいしたことではないように思えた。都会の学校では、こうは行かなかっただろう。

閉鎖的な環境にあるギムナジウムはひとつの家であり、だれかが言ったように、牧歌的で小さな社会だ。降霊術という異分子が入らなければ、彼らの青春は、穏やかな森に守られて穏やかに過ぎていく。

「そういう顔をするからだよ」

横から顔を覗き込んできたニールが肩をすくめ、友人たちもしきりと首を縦に振る。

すべてを自覚しているミランだったが、なにも知らないふりを装う。自分の額を手のひらで撫でて答えた。

「気をつけることにするよ。どういう顔か、わからないけど」

友人たちがどっと笑い出し、ミランも笑う。なにがおかしいのかはよくわからない。友人たちも、だれひとりとして理解していないだろう。

ただ、楽しい。それだけで笑い転げることもあるのだと、ミランは不思議に思いながらも腑に落ちた。

すべてが終われば、友人たちとは別れることになる。彼らに渡す連絡先は架空のもので、そして、ミランという名前もそれきりになってしまう。

一抹のさびしさを感じないではなかった。生まれて初めて得た同年代の友人たちとの日々は、たわいもないからこそかけがえのない時間だ。

夜の静寂(しじま)の冴えた空気の中へ忍び込み、ミランは足早に歩いていた。

虫の声は遠くから聞こえ、ときどき途切れては、また再開する。

向かう先は旧校舎だ。昼間にも周りを徘徊(はいかい)したが、まだ手がかりは摑めていない。ならば夜にと考えたのは、忍び込んだ輩(やから)が漏らす明かりを期待したからだった。

ヨナスと出会った道を進み、橋へ差しかかる。ナイトガウンを羽織ったミランは、そこで勢いよく振り向いた。

ずっと感じていた気配は、どんどん近くなっている。

「初めから気づいていたんだろう」

ティモシーの声がして、ミランは目を細めた。まったく隠れる気もなくついてきたのはティモシーだ。気づく気づかない以前の話だった。

空にかかる三日月は細く、光に乏しい。しかし、星が輝いて夜目が利く。

「眠っていると思っていたけど」

ミランが歩き出すと、大股に追ってくる。

「きみが起きると目が覚めるんだ。どこに行くつもり？　この先は旧校舎だ。危ないことはしない約束だろう」

腕を摑まれ、ちらっとだけ視線を向けて振りほどく。

「そんな約束はしていない。真相を突き止めたら警察に……って話だっただろう？　そっちこそ、手伝うって言ったんだから、おとなしくついてきて」

「追い返されるかと思った」

ナイトガウンの裾を揺らしながら歩くティモシーが意外そうに言う。

「素直に帰ってくれるなら、それでもいいんだけど」

「いや、帰らない。一緒にいるほうが言い訳も立つだろう。夜の散歩とか、なんとか」

「きみと一緒だと誤解が増えるだけだよ」

小声で言い返し、ミランは笑った。

「その笑顔……。近頃、評判だ」

隣に並んだティモシーが言う。

「どうせ、よからぬ評判だ……。暇つぶしに使われるのは好きじゃないな」

「仕方がない。美人に生まれた宿命だ」

「男子校のギムナジウムなのに、変な話だな」

ミランはわざとらしくあきれてみせる。学園にはミランのほかにもきれいな少年が何人もいた。それぞれが取り巻きを持ち、チヤホヤされている。

ロシュティ村へ出れば、女の子との出会いもあるが、圧倒的に数は少なかった。

「美人だなんて、ここに来るまで言われたこともなかった」

「それは嘘だろう。学校へ行ってなかったのか？」

「うん。うちは家庭教師がいたからね」

軽い嘘でティモシーの質問をかわす。

「こんなところへ入れられて、窮屈だな」

街のほうがよかっただろうと言外に問われ、ミランは首を傾げた。

「悪くはない。みんな陽気だし……」

「彼があんなことにならなければ、もっとよかったのにな」

気づかうように言ったティモシーが、ひっそりと息を継ぐ。やはり優しい男だ。ミランの気持ちを無理に探ることもなく、ありのままを受け止めている。

用務員のヘルゲ・ヘーバルトとの仲を、プラトニックな恋愛関係だと信じているのだ。

「ミラン。本当に、旧校舎の謎を知るつもりなのか」

ティモシーの声が曇る。ミランは身を硬くして答えた。

「だって、知りたいんだ。だれが、彼をあんな目に遭わせたのか」

「知ってどうなるんだ」

ティモシーに腕を掴まれる。

「……手伝ってくれるって言ったじゃないか。あれは、嘘だった？」

「嘘じゃない。でも……」

POSTCARD

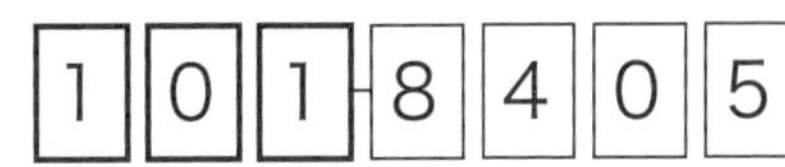

東京都千代田区
神田三崎町2-18-11

二見書房
シャレード文庫愛読者 係

通販ご希望の方は、書籍リストをお送りしますのでお手数をおかけしてしまい恐縮ではございますが、**03-3515-2311までお電話くださいませ。**

<ご住所> □□□-□□□□

<お名前> 様

＊誤送を防止するためアパート・マンション名は詳しくご記入ください。
＊これより下は発送の際には使用しません。

TEL	職業／学年
年齢　　代	お買い上げ書店

Charade 愛読者アンケート

この本を何でお知りになりましたか？

1. 店頭　2. WEB（　　　　　）　3. その他（　　　　　　　　）

この本をお買い上げになった理由を教えてください（複数回答可）。

1. 作家が好きだから（小説家・イラストレーター・漫画家）

2. カバーが気に入ったから　3. 内容紹介を見て

4. その他（　　　　　　　　　　　　　　　　）

読みたいジャンルやカップリングはありますか？

最近読んで面白かったBL作品と作家名、その理由を教えてください（他社作品可）。

お読みいただいたご感想、またはご意見、ご要望をお聞かせください。

作品タイトル：

ご協力ありがとうございました。

お送りいただいたご感想がメルマガに掲載となった場合、オリジナルグッズをプレゼントいたします。

「その場しのぎの慰めだったわけだ」

ミランは足を止め、ティモシーを睨んだ。月の光がふたりを照らす。

「その場しのぎじゃない。……きみを慰めたかったことは事実だ」

「手伝う気がないなら、放っておいてくれたらいい」

「できないよ、そんなことは」

ティモシーの瞳に戸惑いが浮かぶ。思いがけない表情に驚いたミランは、そのまま詰め寄った。

「どうして」

「危険なんだ」

答えたときにはもう、いつもの彼だ。戸惑いは吹き飛び、理知的な目でミランを見つめる。秘密を知っている顔だ。

ミランは目を細めながら言った。

「怪談を恐れているわけじゃないだろう？　子どもみたいだ。時計塔の呪いなんて、ないんだよ」

「……でも、もっとこわいものを見ることになるかもしれない」

「例えば？」

問い返した瞬間、ティモシーが覆いかぶさってくる。声を上げられないままに抱きすくめられ、あっという間に木立の中へ引き込まれた。くちびるを手のひらで塞がれ、いきなり発情したのかと憤りを覚える。ティモシーは小さく「シッ」と言った。

ミランの顔の前で指を立て、ゆっくりと森の外を指差す。くちびるを押さえていた手もはずれ、指先が示す方向へ視線を向ける。

月明かりの中に人影があった。ナイトガウンを羽織らず、膝丈の寝間着のままでふらふらと歩いている。尋常でないことはすぐにわかった。衣服が乱れ、片方の肩が剝き出しになっているのに直そうともしない。足取りも怪しく、まるで放心状態だ。

「マイラントだ」

ティモシーにささやかれ、ミランにも顔が認識できた。薄闇に浮かぶ横顔のラインは、確かにマイラント・ヘンケルのそれだ。

しかし、あごが上がり、口もポカンと開いている。

「こっちに……」

ミランの腕を引いたティモシーは、マイラントが現れた方向へと進んだ。そちらにも雑木林があり、さらに奥が旧校舎だ。

かすかに動く人影が見え、とっさに足を止める。そのとき、向こうがライトをつけた。

ミランとティモシーは、互いの腕を引き合ってしゃがむ。

ギリギリのタイミングで、低木の上をライトが走り抜ける。

それは何度かふたりの頭上を行き来し、光が消えたときには人影ごと存在しなかった。探して追うにはリスクが高く、ミランは早々にあきらめた。

「見たか？」

ティモシーに問われて顔を上げる。

「きみは？」

首を左右に振ったあとで、聞き返す。ティモシーもやはり見ていなかった。

「あれだけライトを振り回せるんだから、生徒ではないね」

ミランは口早に答えた。生徒だったなら、もっと遠慮がちにライトを振るだろう。外部の侵入者でも同じだ。

「マイラントは……」

言葉を探しあぐね、ミランは押し黙った。

旧校舎、夢遊病のような少年、そして警戒する大人。ライトの使い方から考えれば、この時間に学園内を動き回っても見廻(みまわ)りだと言い訳が立つ人物だろう。

「マイラントは第二寮だ。部屋を訪ねよう」

ティモシーに手を引かれ、周囲を警戒しながら森を抜けた。小道に戻ったのは、橋の近くになってからだ。

ふたりは足早に第二寮へ向かい、足音を忍ばせながら二階へ上がった。マイラントの部屋はティモシーが知っている。

ドアの前に立ち、小さくノックした。消灯時間はとうに過ぎ、もうみんな寝静まっている。

ノックのあとでしばらく待ったが返事がなく、もう一度コンコンコンと鳴らして待つ。今度はドアノブが回り、ゆっくりと開いた。

淡い読書灯の明かりが、静かな廊下へ伸びる。生徒がおそるおそる顔を出した。同じ八年生だが、クラスが違うので名前はわからない。

「ティム……?」

小さな驚きの声を上げ、生徒はティモシーの後ろを覗き込む。そこに立っているのはミランだ。落胆したように肩を落とした。

「悪いけど、中で話をさせてくれ」

ティモシーがドアを摑んで開き、やや強引に部屋の中へ踏み込んだ。ミランも続き、ドアを閉める。話を切り出すのはティモシーだ。

「マイラントが一緒だと思ったんだろう」

「うん、まぁね。でも、ありえないよね」

寝間着姿の生徒は眠たそうにあくびをする。マイラントがティモシーと関係を持っていたのは以前のことだ。

「マイラントはどうも夢遊病みたいだよ」

言いながら、生徒は右側のベッドへ腰かけた。左側がマイラントのベッドだろう。寝具は撥ねのけられたまま乱れている。

「いつから？」

ティモシーが聞く。

「ずいぶん前から……、えっと……」

「俺と噂になる前から？」

ティモシーが代わりに言うと、生徒はうなずいた。

「そう、ときどき。でも、一時期は、まったくというほど、なくなっていて。……マイラントはさ、ティムのことが好きだったんだと思うよ。けどね、こういうことはどちらか一方の気持ちではないし……」

視線がちらりとミランを見た。

「彼とは、そういう関係じゃない」

答えたのはティモシーだ。毅然とした声で言い返し、胸の前で腕を組む。

「マイラントはミランとの仲を誤解しているんだ。部屋を変わったのは、マイラントにしつこく訪ねられて困っていたからだ。夜も眠れなかったよ」

「あぁ、そうか……。マイラントは、プライドが高いだろう？　それにさ、繊細なところがあるから。きみに依存してしまったんだと思う。……ごめんね、妙な疑いをかけて」

最後の言葉はミランへ向けられたものだ。気にしていないと答える代わりに、ゆっくりと首を左右に振る。そして、尋ねた。

「マイラントはいつ頃、戻ってくる？」

「そのときどきだよ。自分で戻ってくることもあれば、見廻りの先生が連れて戻ってくることもある」

「先生たちも知っているんだね」

「うん。相談してあるから。どうも、そのあたりで眠ってしまうらしくて、明け方に戻ってくることもある。冬はさぁ、こっちも気が気がじゃないんだ。凍死しちゃうだろう」

肩をすくめて息をつく。心配はしているが、眠気には勝てない顔つきだ。まぶたが、いまにも閉じそうに、とろりとしてくる。

ティモシーが話を切り上げた。

「夜遅くに悪かったな。部屋の窓から、人影を見たんだ。もしかしてと思って来てみた。そういうことなら、見なかったことにするよ」

「うん、そうだね。それがいい」

ストレスが原因で起こる夢遊病ならば、その理由は間違いなくティモシーだ。同意した生徒はベッドへ戻る。ミランとティモシーは部屋をあとにした。

第一寮の自室へ戻り、ミランの机の読書灯だけをつける。

それぞれのベッドへ腰かけ、ふたりはしばらく黙った。ティモシーはナイトガウンのポケットから薄荷煙草を取り出し、火をつけずにくちびるへ挟んだ。

「本当に夢遊病だと思うか」

煙草を指で支えたティモシーの問いに、ミランは軽くかぶりを振った。

「違うだろうね」

「どうしてそう思う?」

「彼はプライドが高いだけで、心は弱いんだろうと思う。ぼくに突っかかってきたときも、自分では手を出さなかった。ひとりではなにもできないんだ。そう思う」

そんな子どもほど、リアスト教の餌食になる。

「きみも、そう思っているんだろう? ティモシー」

情を繋いだ仲だ。ミランよりはよっぽど彼を知っているはずだった。

シニカルな表情を浮かべたティモシーは、背を屈め、両肘をももへ預ける。

「彼のことをよく知っていると思うなら、考え違いだ。ミラン。そういう関係じゃない」

「それは冷たいんじゃないか。だって、きみは……」

ミランの脳裏に、湖のそばで見た景色が浮かんだ。

水面を吹き抜けた風が、乱雑に立ち並ぶ木々を揺らしていた。その暗がりの中で、ティモシーは快楽に耽っていたのだ。それを与えていたのは、ひざまずいたマイラントだ。

「別にね……」

ティモシーが吐息を漏らすように話し出す。ひそめた声は低い。

「俺がもてあそんだと、そう言われてもかまわない。入学してから、何度か肌を合わせた。……子どもの遊びだ。信じられないか？」

榛色の貴石に似た瞳は澄み、まっすぐに見つめられるミランはたじろぐのも忘れた。

手淫も口淫も、ティモシーにとっては、快楽を得る遊びでしかないのだ。彼の手管にミランが溺れたように、マイラントも耽溺した。そこに情を求めても、快楽を与えたティモシーの心は乾いている。

「俺は言葉を信じない性質でね。素敵だとか好きだとか言われても、喜びや優越というものを感じない。代わりに、愛情の証拠を見せて欲しいんだ。あの行為は、羞恥の塊だと思わないか」

ティモシーの言葉は淡々としていて、悪びれるそぶりもない。性的な行為には言い訳のような感情論がついて回ると思っていたミランは黙った。

快感をあらわにして乱す息や、求める声、射精に至る瞬間の呻きが脳裏をよぎる。

わずかな混乱を覚えながら、言葉を探して口を開く。

「されることは、恥ずかしいと思わない。でも……、快楽を受け入れる瞬間をさらけ出すことは、確かに……そうかもしれない」

ミランの返事に、ティモシーは柔らかく微笑んだ。それはどこか哀しげに見えて、ミランの心を揺さぶってくる。

「もしも、互いの心が通い合えば、なにかが生まれると思ってきた」

ティモシーは目を伏せた。

「それは恋かもしれないし、愛かもしれない。けれど、そこに至らなければ、すべては同情の範疇だ。ただの慰みに過ぎない」

はっきりと言いきるティモシーはドライだ。

求めるほどに望むものが遠ざかる哀しさが、少年と青年の間で揺れ動く彼の心を支配している。しかし、愛にも恋にもならないシンパシーを、ミランは否定できない。それこそ、ティモシーに対して抱いている感情だ。

「ねぇ、ティモシー。きみはいつから、本当の降霊術クラブに気がついていたの」

片足をベッドの上で抱え、ミランはまっすぐに相手を見た。

「不良たちが行うような、子ども騙しのクラブじゃない。堕落した大人が仕掛ける罠のほうだよ」

「初めから」

ティモシーはぽそりと答えた。

「……子どもの頃から聡くてね。その人の顔つきを見れば、心の内がある程度は見える。ごく普通の子だとか、親に愛されていない子だとか、問題を抱えている子だとか。大人も同じだ。善良な人間、秘密を持った人間、邪悪な思想。表面的に取り繕っていても、よくわかる……。実際、当たるよ。俺が入学した当初のクラブは、すぐに姿を消した。理事長が警察を引き入れたからだ。でも、その理事長が病に倒れてから、彼らの仲間が戻ってきた」

「顔を見れば、首謀者もわかる？」

ミランが首を傾げると、ティモシーは明るく笑い飛ばして立ち上がった。

「それは無理だ。超能力者じゃない」

窓辺へ立ち、ぴったりと閉ざしたカーテンを軽く引く。隙間から外を覗き、また閉じた。

「でも、クラブが再開したことはわかった。被害者も……」

「……ティモシー」

呼びかけるミランの声は震えた。

「もしかして、きみ……、そういう相手を、選んで……」

最後まで言いきる前に、振り向いたティモシーがくちびるの前に指を立てた。

ミランは言葉を呑み込む。予想は当たりだ。

けれど、ティモシーの表情は曇り、苦しげに歪む。

「うまくはいかなかった。……孤独につけ込まれるのなら、その心の隙間を塞いでしまえばいい。そう考えたけれどね。……結局は依存なんだ。上手に恋ができるなら、孤独になんてならないだろう」

淡々と語るティモシーを目で追いながら、ミランは漠然とした不安を覚えた。それは小さな棘になって胸に刺さり、戸惑いを生む。

「ぼくにしたことも、そうなんだね」

ぽろりと溢れて出た自分の言葉に、ミランは驚きながら苦笑した。仮面のような笑顔で本心を隠すためだ。

「なぁんだ。……なにか、特別なことがあるのかと思ってた。きみが、ぼくを気に入ってるんじゃないか、とか。心配して損したよ。……ヘーバルトさんのことを、リアスト教の一員だと思ってたんだね」

「……ここへ入る前から、知り合いなんだろう？　いつか、そうなるつもりでいたのか」

「どういうこと？」

わからないふりをして片膝を解放する。後ろ手に身体を支え、ティモシーを見た。

「……恋。それとも、愛」

歌うように美しい発音だ。聞き惚れそうになったミランは首を振った。

「彼は、家族のようなものだ。言わなかった？　……地元へ帰れば、恋人がいるよ。女性のね」

「ミラン。俺は、きみの気持ちの話をしているんだ。彼が、きみをどう思っているかじゃない」

「そういう気持ちがあれば、きみに触らせたりはしない」

ミランは硬い口調で言った。苛立ちが声に出る。

「……叶わない恋の代わりぐらいにはなるだろう」

「違うって、言ってるじゃないか。ぼくは、だれのことも好きじゃない」

次第に強まる語気に気づき、ミランは大きく息を吸い込んだ。まるで理性的じゃない。しかし、そのほうが、彼を欺けるだろうと、打算が働く。

思案を巡らせながら、ミランは心だけが取り残されていくような気分になった。もしくは、心だけが先走っている。

「……俺もそうだよ」

ふたたびカーテンの隙間を覗き、ティモシーは窓へともたれかかる。読書灯が彼を薄闇に浮かび上がらせた。

凜々しい眉と短いまつげの瞳。精悍な顔立ちは完成された、ひとつの美だ。

「恋が終わっていく孤独を思えば、だれかを愛そうなんて、とてもじゃないが考えられない」

薄荷煙草をくちびるに挟み、物憂く目を伏せる。

「承諾も得ずに、きみに触れて悪かった。……許してくれ」

いまさらだと、ミランは思った。

触れてしまってから謝罪を受けても、始まってしまったものは終わるまで続いてしまう。ティモシーが触れたとき、ミランも彼に触れた。そして、見知らぬ感情が胸の奥に芽吹いたのだ。確かに、それはシンパシーだった。ミランはそうだと思った。けれど、本当は違う。別のものだ。

「許すもなにも、ないよ」

そっけなく答えて、ナイトガウンを脱ぐ。ベッドへ投げて、布団の中へ潜り込んだ。始まろうが、続こうが、それはここを去るまでの話だ。自分に言い聞かせる一方で、たまらないほどの怒りが胸に湧き起こる。

「ミラン。怒ったのか……。機嫌を直せよ」

声をひそめたティモシーが読書灯を消して近づいてくる。ナイトガウンを投げる音がして、布団の端が持ち上がる。

「もう少し、向こうへずれてくれないか」

隣に入ってきたティモシーにぐいぐいと押され、ミランはぐるっと寝返りを打った。相手の胸を肘で押し返す。

「きみのベッドは向こうだ」

「いいだろう、一緒でも。山の夜は冷える」

「言うほど寒くはない……っ。狭いんだよ、ティモシー……ッ」

なにを考えているのかと腹が立つ一方で、じゃれ合うようなやりとりに胸が熱くなる。

「この前は一緒に寝ただろう」

手を握りながら言われ、ミランはあきらめた。

「ひとりで眠るのがさびしいなら、素直にそう言えばいい」

冷たい口調でからかうと、ティモシーはひっそりと息を呑んだ。

思うよりも近くに顔があり、くちびるに熱を感じたミランは身体を強張らせた。急に性的な意識が芽生え、恥ずかしさが生まれてくる。

「その通りだ、ミラン。きみの抱き心地のよさに、味をしめてしまった。よく眠れるんだよ、一緒だと……」

そう言いながらあくびをして、こつんと額をぶつけてきた。鼻先が触れる。

「ぼくは、眠れない……」

力なく答えたミランの言葉に、ティモシーがかすかに笑う。もう半分、眠っているような息づかいだ。

「そうか、ごめんね」

言いながらミランの肩へ手を回し、指先でとんとんとリズムを刻み始める。そうしないと眠れないと思っているのだ。気づいたミランは恥ずかしくなった。身体が一気に熱を帯び、布団を撥ねのけ、隣のベッドへ飛び移りたい衝動に駆られる。

けれど、実際にはできなかった。

ティモシーの息づかいに薄荷煙草の匂いを感じながら、闇の中で目を閉じる。身体の熱はやがて落ち着き、睡魔はひたひたと近づいてきた。

狭いベッドの大半はミランの陣地のままで、ティモシーはいまにも落ちそうな場所で横臥している。転げ落ちないのは、ミランに抱きついているからだ。

彼も子どもなのだと思いながら、ミランは眠りに落ちた。

＊＊＊

朝の食堂は、いつもの雰囲気ではなかった。

ざわめきが波のように生徒たちの上を行ったり来たりして、妙にテンションの高い声が響く。

ミランは、ニールと二人で並んで座っていた。ほかの仲間はまだ揃っていない。

「ちょっと待ってて」

朝食の載ったトレイを残し、ニールが席を立つ。

ミランは落ち着かない気分であたりを見回した。生徒たちの顔を眺めているうちに、なにかを噂し合っているのだと想像がついた。テンションの高さは、動揺の裏返しだ。

しばらくすると、ニールが席に戻ってくる。

「第二寮のひとりが、急に転校したらしいよ」

肩を寄せて言う。ミランは疑問を感じて、首を傾げた。

「それで、こんなふうになるの」

「寮監督が部屋を片づけたって噂になってる。『時計塔の呪い』じゃないかって……。このところ、変だったらしい」

「変……」

つまり、不良生徒のグループとつき合うようになっていたか。もしくは、リアスト教の降霊術クラブに誘い込まれていたか。

それとはまったく関係のない神経衰弱であっても、この学園における、あらゆる問題が『時計塔の呪い』に集約されるということは、ミランも理解していた。

少年たちは噂に熱中することで、現実の厳しさや不安を忘れるのだ。

山中の森に囲まれた広大な敷地。古めかしい建物。制約が課せられた自由。

家族とのままならない関係は愛情の断絶を意味する。けれど、たとえ家庭が安定していたとしても、思春期の心は揺れる。

下級生たちはホームシックを抱え、弱音を吐くことができない中級生たちは自分にとって都合のいい言い訳を考え始める。そして上級生ともなれば、多くをあきらめ、卒業してからの未来に思いを馳せていく。卵から孵った雛が、巣立つ準備を重ねるようなものだ。

「本当はどうだったんだろうね。五年生らしいけど、知らない子だ」

ニールはどこか悲しげな顔をしてスープをつついた。五年生と聞き、ミランは昨夜目撃したマイラントの姿を打ち消す。

「ねぇ、ニール。きみの知ってる子も、急にいなくなったりした?」

なにげなさを装って投げた質問に、ニールの動きが止まる。

「……うん。ひとりね」

小さな声で答え、ちらりとミランを見る。

「こんなことを真剣に話したら、きみがこわがるかもしれないから、あんまり言いたくないよ……。それに、この学園が取り立てて奇妙なわけじゃないんだ。あの妙な宗教があっちでもこっちでも噂になってさ……。実家へ帰って、親戚の子と会うと、その話になる。降霊術クラブの噂が途切れた学校へ移りたいと思うこともあるけど……、ぼくはここが好きだ」

「ニールの知ってた子は、どうなっちゃったの？　聞いてもいい？」

用心深く問うと、ニールはうっすらと微笑んだ。

「うん、だいじょうぶ。たいしたことでもないんだ。下級生だったとき、大部屋で同室だった子だよ。いつからか、夢遊病って言うのかな、夜になるといなくなってしまうことがあって……。いつも寮監督の先生が連れ戻していたけど、朝まで帰ってこないこともあった。それで、ある日、突然にいなくなった。先生が荷物をまとめてさ。転校したって言われたけど、前の晩に病院へ連れていかれたって、そんな噂が流れたよ」

「本当のことはわからなかった?」

「うん。なにも……。でも、あきらかに、おかしくなっていたから……。いつも寝不足で、妙なことを口走ったりして……」

「そうか……。そういうこともあるんだね」

「その子は、親の再婚で、家にいられなくなって寄宿舎に入っていたから、凄くさびしかったんだと思う」

ニールはパンをちぎり、食べずにトレイの上へ並べていく。

「そうだよ。よく、泣いてたんだ。それで、だれかがさ、メソメソうるさいから泣くなら外へ行けって言って……」

「だれかが泣くと、さびしくなるよね」

「……そうだね」

「ニールは、もうさびしくない？」

ミランが顔を覗き込むと、ニールは驚いた顔で肩を引いた。

「さびしいなんて、言った？」

「言ってないけど……。そう思ったから。ねぇ、パンが鳥の餌みたいになってるよ」

笑いながら指摘すると、ニールはまた驚く。

「うわ、最悪だ」

自分がしていたことに気づき、大げさに顔を歪めた。

ミランは笑いながら食堂中へ視線を巡らせる。座ったり立ったりする生徒たちの向こうにマイラントの姿を見つけた。

紺色のジャケットをきっちりと着込み、友人たちに囲まれて楽しげに談笑している。昨晩のふらつき歩く姿とはまるで別人だ。ミランは、月夜のまぼろしを見たような気分になった。けれど、あれは現実だ。

前駆症状としての夢遊病。そして突然の退校。ニールの元同室者も同じだ。今回の五年生もおそらくは、と思い、ミランは食事を終わらせた。

遅れていた友人たちがようやく席に座ったが、宿題を終わらせていないと嘘をついて離席する。

ミランは考えていた。

親元を離れて暮らすギムナジウムでは、年少者の夢遊病はよくあることだと思われている。しかし、生活に慣れるにつれて症状は改善されるはずだ。身体は順応していき、考え方も変わっていく。

かつての巣である実家は『長期休暇の旅先』となり、世話を焼いてくれた両親は、遠く離れた拠りどころへと変化する。そして、寄宿舎が新たな巣になり、友人たちを仲間として彼らは育っていく。

その過程で起こる精神不安の表れが夢遊病だ。そのすべてではなく、原因のひとつとして、リアスト教の降霊術クラブが関係している。

心の不安につけ込まれ、弱みを握られた彼らは、虐待を正当化しながら溺れていく。そして、ゆっくりと精神を破綻させていくのだ。

食堂を出ると、眩しい初夏の日差しが目に飛び込んだ。

手のひらを空へ向けて、光を遮る。山の空気は澄み、木々を渡る風に、緑の匂いが濃く混じっている。

摩天楼に刻まれた空と味気ない事務所の天井ばかりを見て育ったミランは、新鮮な空気を胸いっぱいに吸い込んだ。

もしも、マイラントの夢遊病にリアスト教が関わっているのならば、彼こそがミランの捜していた被害者だ。証言を得ることができれば、ミランの任務は果たされたことになる。

しかし、マイラントが心を開いてくれるとは思えなかった。

ひとまずは、五年生の噂についてだと、気持ちを切り替える。食堂にはいなかったティモシーを探し、ミランは寮へ向かって歩く。

もしかしたら、まだ眠っているのかもしれない。昨晩はあのまま眠ってしまい、ティモシーは朝もミランのベッドにいた。夜中に寝苦しくなったのだろう。互いに背を向け、狭いベッドの端と端に寄っていた。

寮へ帰り着き、軽やかに階段をのぼる。行き来する生徒たちと挨拶を交わし、部屋のドアをノックした。返事を待つこともなく中へ入る。

予想に反し、ティモシーの姿はなかった。

ベッドはすっかり整えられ、開けたままの窓から緑風が吹き込んでいる。ドアを開けたことにより、風の通り道ができたのだ。カーテンがなびくのを見ながら、ミランは後ろ手にドアを閉めた。風はゆるくなり、躍っていたカーテンも静まる。

ミランの机の上には、授業の用意が整っていた。ティモシーの机は片づいている。ジャケットも椅子の背にない。

入れ違いになってしまったのかとがっかりしながら、ミランは窓へ近づいた。カーテンを開く。朝の光は強さを増し、夏めいた日差しが森の上にも降り注いでいる。山おろしの風が尖った梢(こずえ)を渡り、葉が一斉になびく。

なにげなく視線を伏せたとき、森のそばにティモシーの後ろ姿を見た。すらりとした長身で着こなす紺色のジャケットが揺れ、背中に回された腕が見えた。しがみつかれている。

ミランは思わず息を呑んだ。

しかし、ティモシーが相手を抱き寄せたわけではない。彼はすぐに距離を取り、相手を引き剝がした。

とっさにマイラントを想像したが、彼はまだ食堂にいるはずだ。ならば新しい相手を見つけたのかと、ミランは身を乗り出す。ティモシーの片腕に取りすがるのは、ミランもよく知った少年だ。金色の巻き毛が跳ねる小さな身体。ヨナスだ。

華奢な腕はたわいもなく振り払われ、足をもつれさせるようにしてよろめく。

ティモシーは手を貸さなかった。

なにかを話しているのが、上下する肩でわかる。しかし、ミランのところまで届くほどの大声ではない。

伸びる手を冷たく叩き払い、ティモシーはその場を離れていく。残されたヨナスは顔を覆ってしゃがみ込んだ。泣いているのだろう。それもまた、小刻みに揺れる動きでわかった。

しばらく見守ってから窓を閉めたミランは苦々しさを嚙み締める。机の上に重ねた教科書を手にして、部屋を横切った。手を伸ばしたドアノブが動き、扉が自動的に開いた。ティモシーが帰って来たのだ。真正面から視線がぶつかり、ミランはなにも知らないそぶりで微笑みを向けた。

本心を隠すことには、なにの躊躇もない。

「早くしないと授業に遅れるよ」

声をかけたミランを押し戻し、ティモシーがドアを閉めた。

「見てたんだろう。やっぱり当番生なんて使うものじゃないな」

「……なにがあったの」

顔をしかめて問いかけたミランのリボンタイが引き解かれる。ティモシーは不機嫌に顔を歪めた。

「また縦結びになってる」

そう言いながら、ミランのリボンタイを結び直す。

「自分でやるから、いいのに」

身体を引きながら言ったが、ティモシーにかかれば、リボン結びはあっという間だ。

「俺も、そう言ったんだ」

ティモシーがぼやいた。

「なのに、あれこれと世話を焼こうとしてくる。頼んでもいないのに洗濯物を取りに来て……。　アイロンもたいしてうまくないくせに。　挙げ句の果てが、　夜の世話までしたいって話だ」

「……ヨナスが、そんなこと」

「言うはずがないか？」

身を屈めたティモシーは憤っていた。なにが気に食わなかったのだろうかと考え、ミランは肩で息をついた。簡単なことだ。ティモシーは関係を望んでいない。

「ごめん。悪かったよ」

「なにが？」

冷たい目に答えを急がされ、ミランは答えた。

「迷惑したのはきみだろう。ティモシー。ヨナスは、きみが相手なら断られるはずがないと、そう思っていたんだな。都合よく、……自分を使ってくれると……」

あけすけに言いすぎたと思ったが、ティモシーは気にする様子もなくうなずいた。

「その通りだ。まるで色情魔のような扱いだよ。だから、はっきり拒絶したんだ。……泣いていたんだろう？」

「きっとね……。あの子は、好みじゃないの？」

「きみまで言うのか」

睨まれると思って身構えたが、ティモシーの反応は違っていた。力が抜けたように肩を落とし、机へと離れていく。その背中を目で追い、ミランは申し訳ないような気分で眉尻を下げた。額にかかる髪をくしゃりと摑む。

「……ごめん」

今朝はもう二度目の謝罪だ。教科書の準備をしているティモシーは振り返らずに答えた。

「ヨナスはあんまりにも子どもだ。……マイラントもそうだった」

声に苦悩が見え、ミランは背中を追う。近づき、腕を伸ばした。

指先をとんと押し当てる。

「気に病むことはないよ」

「それでも、俺がしたことで、マイラントのバランスは崩れたんだ。もっとドライだと思っていた」

昨晩のマイラントのことが脳裏にあるのだろう。答えるティモシーの声は物憂い。

「マイラントはまだ学園にいるじゃないか。……五年生がひとり、急な転校をしたんだって。食堂に噂話が飛び交っていた。『時計塔の呪い』じゃないかってさ。……でも、ぼくらが見たのは、マイラントだったよね？」

「その生徒は、明け方、新校舎のそばで倒れていたんだ。おそらく、教室から飛び降りた」

ティモシーはこともなげに言って振り向く。いつの間に情報を得てきたのかと驚くミランのあごをそっと撫でて続けた。

「見つけたのは、見廻りの用務員だ。自死というよりは、夢遊病……つまり、抜けきらなかったアルコールか、もしくは薬物で酩酊状態だったんだろう。マイラントのほかにも犠牲者はいるって話だ」

「もっと、ほかにも……？」

「不良学生なら、酒か煙草を持ち寄る。この近辺では薬物なんて手に入らない。それに……、酩酊するような薬物は、リアスト教の降霊術クラブの定番だ。今回の件があるから、しばらくは行われないかもしれないな」

「じゃあ、この機会に旧校舎へ忍び込んで……」

「よからぬことを考えるな」

ズボンのポケットに手を突っ込み、ティモシーは声をひそめた。

「降霊術クラブが活動しないのは、警戒しているからだ。……目撃者がどうなるのかは、彼が証明しただろう。ミラン、焦るな」

「ヘーバルトさんのこと？」

ミランの仲間であるマルティンだ。彼もなにかに気づき、その目で確かめようとしたのだろう。そして、襲われてしまった。

心の中が静かに冷えていく。その感覚にミランは震えた。

時間が過ぎれば、家族とも思った彼のことさえ、ひとつの事象に過ぎないと感じる自分がこわい。エージェントとしては、これでいいはずだが割りきれなかった。

ミランは大きく息を吸い込み、わざと感情を昂らせた。

「なおさらだ。ティモシー。このままでは、なんの証拠も見つけられない……ッ」

ヒステリックに言葉をぶつけ、ティモシーの手を払いのける。授業の用意を小脇に挟んで背を向けた。そのまま部屋を横切り、ドアを開けて廊下へ出る。

部屋に教科書を取りに来た生徒たちは、だれもが時間に追われていた。足早に階段を下りていく。生徒が校舎から飛び降りたことも知らず、彼らの生活は平凡なまま過ぎる。

ミランは小さく息を吸い込んだ。

彼らの生活を守るため、この小さな巣を守るため、解決の糸口を探しているのだ。

そのために、マルティンのことも、ティモシーのことも駒だと思わなければならない。

冷たいようだが、無駄な感傷や同情は成果を遠ざけるだけだ。

だれを失っても、なにを失っても、平穏を保ったままで任務を遂行する。マイケルが望んでいるのは、組織に役立つ人間だ。

そして、彼らの所属する組織の行動は、社会の片隅で起こる問題を解決に導いていく。

ひとつひとつは芥子粒(けしつぶ)のように小さくても、寄り集まれば大きくなる。

だから、ミランもまた、ひとつの駒だ。

組織を束ねるマイケルでさえも、見えざる手に動かされていると言えた。

だとしたらと、ミランは歩みをゆるめる。

石造りの校舎を見上げてため息をつく。旧校舎よりは新しいが、それでも古めかしく荘厳なたたずまいだ。いまとなっては建築することが難しいほどの意匠が施され、莫大な金が注ぎ込まれていた。

ティモシーに押しのけられたヨナスを思い出し、ミランはわずかに目を伏せた。まつげが美貌へと濃い影を落とし、栗色の髪が緑風にそよぐ。

ティモシーのあからさまな拒絶に、胸のすく思いがしたのだ。マイラントを拒み、ヨナスを拒み、ミランにだけ接触を求めるティモシーの行動に自尊心が満たされていく。

特別に扱われていると思う一方で、どこかに虚しさも感じていた。

いつ消え去っても不思議ではないシンパシーを、ティモシーは単なる『慰み』だと否定する。彼にとっては、自慰と同じなのだろう。

胸の奥がちくちくと痛み、ミランは物憂く髪をかきあげた。背筋を伸ばして歩調を速める。もう、ティモシーが性的に触れてくることはないのだと気がついた。

抱き合って眠っても、それだけだ。そこにシンパシーはなく、いまはもう友情だけを感じている。つまり、性的な対象ではなくなったのだ。

喜ぶべきだと思ったが、ミランはそんな気になれなかった。

淡いシンパシーは、まだ心の奥に残っている。それがミランの胸を、いつまでもちくちくと突いていた。

＊＊＊

ティモシーに避けられたヨナスは、ミランにも近づかなくなった。遠くに見つけても、先に視線を逸らして道を変えてしまう。

友人たちと過ごす笑顔は以前のままだったが、失恋を覚えた瞳は憂いを帯びたようでもある。それはひとつの魅力となり、ヨナスの印象を変えた。

つまり、愛らしさを残して、少しだけ大人びたのだ。

遠くから見つめるミランの心は言い知れずにざわめいた。木々を揺らす風が胸のうちに吹き抜けるようだ。

山の呼気をはらんだ夏風の気配に、喜びと悲しみが入り交じる。ミランの存在がヨナスを拒絶させたわけではない。ティモシーはひとりになることを望み、ミランを利用した。そしてミランもまた、任務の遂行のためにティモシーを利用しているだけだ。

山の夜はときどき冷え込み、そんなときは夜更けに目が覚める。

ティモシーの寝息を聞くと、背中から抱きしめられて眠るときの温かさがよみがえり、ミランの身体は芯から熱を持つ。不思議な気がした。

起きているの、と声をかけて欲しい気がして、起きているの、と呼びかけたい気になる。

窓辺に立つ、孤独な横顔が脳裏をよぎり、胸の奥が締めつけられた。

彼が快楽を求めるのは、そこに孤独をまぎらすなにかを期待するからだ。けれど、快楽はまやかしの同情に過ぎず、友情も愛情も育たない。落胆したティモシーは、また別のだれかに特別な関係を求めていく。

どこまでも孤独だ。ティモシー自身、それに気づいている。

やがては社交界に出て、たわいもない恋に落ちるのだろう。それさえもかりそめだ。いつかは決められた相手を迎え入れ、押し寄せてくる現実に騙されて生きていく。

それが人間の一生だ。貴族も平民も、特に変わりはない。

ミランも同じように流されて生きていくだろう。人生とは制約に満ちた時間の連なりであり、夢を見ることは自由だが、わざわざ流れに逆らえば溺れてしまうだけだ。

下級生たちが無邪気に駆けていくのを目で追ったミランは、珍しい取り合わせのふたりに気づいて足を止めた。

毅然と顔を上げて歩くマイラントと、のろのろと後ろに続くヨナスだ。距離は手を伸ばしても届かないほどに離れていたが、ふたり続けて薔薇園の小道へ入っていく。

ミランはさりげなく周りを見渡し、遠回りをして薔薇園へ向かった。庭師が丹精込めて育てる薔薇は、これから咲こうとつぼみを膨らませているところだ。ひとつふたつとほころんでいたが、まだ見頃には遠い。

回遊式で作られた庭は薔薇棚や剪定(せんてい)された庭木で区切られ、ところどころにベンチが配されている。ミランは用心深く歩いた。薔薇の木々は生え揃い、庭木の葉も瑞々しい緑だ。色とりどりのつぼみが点々と見える。

マイラントとヨナスに正面から鉢合わせしないよう、庭木の角を曲がるときは足を止めた。向こう側を覗き、いないことを確かめて進む。

やがて薔薇園の奥へ達し、見事な薔薇のアーチが続く場所へ出た。

視界にちらりと紺地のジャケットが見え、ミランは道を変える。薔薇の棘に気をつけて裏へ回り、しゃがんで進む。

アーチとアーチの端境に、ふたりの生徒がいた。ひとりはマイラントで、その身体で隠されているのがヨナスだ。

ふたりはぴったりと抱き合い、蔓草(つるくさ)のように絡んでいた。

ヨナスの手がマイラントの袖を摑み、マイラントの手は、ヨナスの後ろ髪を引く。くちびるを貪っているのは、背の高いマイラントのほうだ。体重をかけられたヨナスは苦しげにのけぞる。

マイラントがなにかを言い、腕を動かす。ヨナスは身をよじって逃げる。

隠れて見つめるミランは息を呑んだ。つぼみの薔薇がにわかに香り立ち、胸の奥が苦しくなる。甘い風景ではなかった。

ジャケットの襟を引き戻したマイラントが、間髪を容れずにヨナスの頬をぶった。ヨナスが睨み返すと、返す手の甲でもう一発が飛ぶ。

突き放されたヨナスはよろめいた。薔薇のアーチに突っ込みそうになり、身を丸めながら倒れ込む。

マイラントは声も高らかに笑い、罵るような声で話しながらヨナスのそばにしゃがんだ。

「夏休暇は、学校に残るんだ。嫌だと言ったら承知しないからな」

語気の強い言葉はミランの耳にも届く。

マイラントはすぐに立ち上がり、その場を離れた。石畳に突っ伏していたヨナスはよろけながら彼を追う。制服についた土を、払いもしなかった。

彼らが去ると、薔薇園は静まりかえった。鳥のさえずりだけがのどかに響く。

胸の苦しくなるようなやりとりに、ミランはしばらくうずくまる。一方的な行為で翻弄されていたヨナスは、それでもマイラントをまっすぐに見ていた。

情熱と執着、そして悲しいほどの渇望。

ティモシーを忘れたいのだとミランは考えた。彼からの拒絶を忘れるには、これしかないと言わんばかりの目をしていた。

幼い少年にはふさわしくない表情だが、気持ちだけなら想像できる。ティモシーを求め、そして玉砕した者同士が肩を寄せ合っているのだろう。それが暴力的なのも、哀しみの裏返しだ。

ミランは彼らの立っていた場所まで進んだ。制服を薔薇の棘に引っかけないようにしながら歩くのは大変だった。

服を守った代わりに指先を刺し、痛みに顔をしかめる。アーチの端までたどり着いてから確かめると、赤い血液がぷくりと膨らんでいた。ほんの少しだけ痛む。

小さくため息をつきながらうなだれたミランは、足元に落ちている紙を見つけた。マイラントとヨナスのどちらかが落としたことを想像して拾い上げる。中は見ず、ポケットへ押し込んだ。ほかの生徒と出会う前に、薔薇園から離れたかった。

森に沿って足早に歩いたが、指はいつまでもチクチクと痛んだ。葉陰と日差しが、木々の下生えをなぞるようにしながらミランについてくる。学園を取り囲む自然は優しく穏やかだ。夜を知らなければ、そう思える。思春期を渡ろうとする子どもたちもまた、性愛に足を踏み込まなければ健やかに成長するのかもしれない。

やがて湖が見えてくる。

遠ざかるほどに薔薇の香りが思い出され、まだ花開きもしないうちから美しさを思い描かせるつぼみを思う。花が咲けば、どれほどかぐわしく香るのか。

ミランはポケットへ入れた紙を開いた。文章ではなく、絵が描いてある。丸や三角、いくつかのアルファベットで構成された魔法陣だ。

ミランの背中に、ぞくりと震えが走った。

湖へ注ぎ込む日差しは、そっくりそのまま明るい。しかし、昼の裏には夜がある。時間は巡り、孤独な少年の心を呑み込んでいく。マイラントとヨナスの姿を思い浮かべながら、ミランはくちびるを引き結んだ。

きらめく水面を見つめ、ふたりのさびしさを想った。

消灯時間が来るのを待ち、ティモシーにも紙を見せる。

「リアスト教の魔法陣だと思う」

ギムナジウムへ潜入する前に、マイケルからレクチャーを受けた通りだ。マイラントとヨナス。彼らふたりのうちのどちらかが描き起こしたのだろう。

「マイラントか……」

ミランのベッドに腰かけて片足だけを床へ降ろしたティモシーは気鬱そうにつぶやいた。

ミランがうなずくと、シニカルに肩をすくめる。

「ヨナスとキスをしていたって？　……あのふたりなら絵になっただろうな」

軽い口調で言われ、片膝を抱えたミランはため息をついた。その目で見ていないから、そんな冗談が言えるのだ。

「それ以前の問題だよ。乱暴だった。ヨナスが逆らったら、マイラントは手を上げたんだ。……両頬。かわいそうに」

食堂で見かけたが、腫れてはいないようだった。友人に囲まれて、ひとつの屈託もない表情で笑っていたぐらいだ。それが余計にいじらしい。

「俺に責任があると思っているんだろう?」

魔法陣の描かれた紙をもてあそびながら、ティモシーがひっそりとした声で言う。読書灯の明かりに浮かび上がる横顔の美しさに見惚れ、ミランは言葉を呑み込んだ。

慰めを言いたかったがうまく言葉を選べない。

「マイラントがヨナスに対して、夏休暇は学校に残るようにって言っていた。おそらく、そのときが……」

降霊術クラブの本番だ。

「まさか、残るつもりじゃないだろうな。もうここまでだ。あとは警察にでも任せればいいじゃないか」

「そうはいかない」

ミランは食い下がった。

「……乗り込んだりはしないよ。マイラントとヨナスが犠牲者だとわかれば、すぐに連絡を入れるから」

「どこに……?」

目を伏せていたティモシーが、流れるような仕草で振り向く。ミランの心がひゅっと凍えた。

「きみは、変わっているな。ミラン」

「なにが?」

わざとらしくたじろいでみせると、ベッドを這って近づいてくる。

「季節はずれの転校生。大人びた美貌。……用務員との秘密の関係。これで変わっていないと言えるか?」

「大人びてる? そんなこと、言われたことがない」

ミランは後ろ手に逃げた。

「学校に行ったことがないにしては、うまく馴染んでいると思うけどね」

そう言いながら、ティモシーの手が壁へ伸びる。

「きみは、いろんなことを知りすぎている。例えば、魔法陣。これを知っている人間は限られている。子どもはまず知らない。知るきっかけがないからな」

「……ヘーバルトさんが、話していたんだ」

「そんな話、普通はしないよ。関係者でもない限り。……彼が物知りなのは、諜報部員だからだ」

いきなり切り込まれ、ミランは目を見開いた。

「なに、それ。知らなかった」

冗談にして笑い飛ばし、ティモシーの腕に閉じ込められたまま、顔をぐいと前へ出した。瞳を覗き込む。

「どうして、きみは知っているの。そんなこと」

「ミラン……。見事だね」

柔らかな声に耳元をくすぐられ、ミランはうつむきながら苦々しく顔を歪めた。

ティモシーはなにかを知っている。それをどこで知ったのか。考えたところでわかるはずもない。彼にはそういうところがあるのだ。学園中の情報をすべて知っているようなところが。

しかし、ミランにも立場がある。どんなに思わせぶりなことを言われても、誘導尋問に引っかかるわけにはいかなかった。たとえ、真実を言い当てられたとしてもだ。

ミランを閉じ込めていた腕を壁から離し、ティモシーは片膝を立てた。

「おそらく夏休暇の間に、本格的な儀式が行われているんだと思う。一番、長い休みだ。学園に残る子どもの数も、大人の数も減る」

髪をかきあげ、そのあとで、自分のくちびるをなぞった。考え込む仕草だ。ミランはなにも言えず、顔を伏せた。情報通の理由を問えば、彼の秘密を暴くことになる。きっと、ミランの真実も暴かれてしまうだろう。

ならば、どちらの秘密もそのままにしておくのが得策だ。

「聞かないのかい。ミラン」

心を見透かしたように、ティモシーが言った。ミランはうつむいて首を左右に振る。

「ぼくの目的は、降霊術クラブの犠牲者を見つけることだ。できればもう、傷つく生徒が出なければいいと思う」

「じゃあ、マイラントとヨナスを捕まえて、しかるべき相手に渡せばいい。警察か、もしくは自警団。それとも……」

「そんなことをすれば、首謀者も参加者も逃げてしまう」

「参加者を押さえるつもりなのか。現場に踏み込むなんてことは……」

「考えていないよ」

ミランは、はっきりと答えた。ティモシーがこだわるのは、いつもそこだ。

「ティモシー。きみは、だれのために……」

聞かずにいようと決めたことが、くちびるからこぼれ出す。

「だれのためでもない。学園のためだ。でも、……いまは、きみのためかもしれない」

火を灯すような体温が、ミランの頬をかすめた。

視線を向けると、ティモシーの瞳が待ち構えている。感情を読み取ろうと試みながら、ミランは顔を近づけた。

くちびるが触れて、肌が震える。感情を読み取るどころではなかった。

きみのためと言われて、胸の奥が燃え立つ。理性が崩れ、冷静ではいられなくなる。

初めて知る感情に、ミランは戸惑うことさえできなかった。ただ、ティモシーの瞳に夢中になり、ぎこちなく触れているくちびるの弾力に現実感を失う。

ふたりともが言葉を発しなかった。

ミランのまつげが揺れて、やがてまぶたが閉じる。

見つめないでいるほうが、ティモシーの孤独を感じられるような気がした。なにかを得ようとして肉体関係を結び、結局は得られずに落胆を繰り返す虚しさだ。

そして、彼が求めているのは、自分自身を知ってもらうことだとミランは悟っていた。

外見のよさや、心の強さではなく、それらすべてを形成する、深い孤独の底を覗き込んで欲しいのだろう。

ミランは怯えながら目を開いた。同じように伏せられていたティモシーのまぶたが押し上がる。

身じろぎもせずに互いを見つめ、キスとも言えないくちびるの触れ合いにふたりは硬直した。

互いの悲しみが見えるような気がして、夜の更けていく音だけが部屋に響いた。

風が優しく窓を揺らし、木立を吹き抜ける。

ミランの指がベッドの上を這い、ティモシーの爪の先に触れた。

薔薇の棘で傷めた指が痛み、ミランは小さく喘ぐ。

抱きしめて欲しいと、生まれて初めて思った。

【4】

学年末の試験が終わると、生徒たちはそわそわと落ち着かなくなる。一年で一番長い夏休暇が始まるからだ。

荷物をまとめた生徒たちはロシュティの村まで学校が用意したバスで降りる。そこからさらにバスを乗り継いで鉄道の駅へ向かう者、親の迎えを待つ者、さまざまだ。

グランツ・ブリューテ・ギムナジウムには落第がないから気楽なものだった。成績劣等生になっても、翌年に補習が入るだけのことだ。最高学年になる頃には、進学先へ入れるぐらいの学力が身につく。それでもダメなら、大学への進学をあきらめるだけだ。

「サマースクールに残る生徒は下級生が多いんだ。中級生や上級生になれば、友人の家を渡り歩いたり、海外へ旅に出たりするようになるから」

大きな菩提樹(ぼだいじゅ)の下で、仰向けに寝転がったティモシーが言う。ミランは片膝を抱き、川で遊ぶ下級生を眺めていた。

今年は、ミランとティモシーを含めて、中級生と上級生は八人が残り、下級生は十二人が残った。

寮監督の教師はそれぞれの寮に留まり、短い休みを順番に回す。用務員と庭師も同じように順番に休む。

彼らのうちのだれかが降霊術クラブに関わっているのだと、ミランは考えている。

「こうしていると、なにごともないのにな」

ティモシーがつぶやいたのと同時に、川で遊ぶ下級生が黄色い悲鳴を上げた。あちこちで高い声が飛び交い、水しぶきが上がる。太陽光がきらきらと反射して、目に眩しい光景だ。

「ごめん、聞いてなかった。なに？」

前髪を耳にかけながら振り向くと、ジャケットを下敷きに転がっていたティモシーが起き上がった。胸元を開けた白いシャツに、制服のズボンをサスペンダーで吊っている。リボンタイはなしだ。ミランも同じ格好だが、ティモシーは袖をまくり上げていた。

血管の浮いた腕はたくましく、少し、陽に灼けている。

「いや、たいしたことじゃない。なにを見てた？」

「うん、彼ら。小鳥が行水をしているみたいだ」

「確かにな」

ふたりはしばらく黙り、戯れる下級生を眺めた。さまざまな理由で自宅に帰ることができない子どもたちだ。

両親がふたりだけで旅に出て、一度も子どもを呼び寄せなかったり、再婚で新しい兄弟が生まれて忙しかったりする。

「金があっても、愛情にあぶれてしまうものなんだな。不思議だ」

ミランは素直な感想を口にした。ティモシーが前を見たまま答える。

「ここはそもそも、そういう子どもたちの受け皿になるために建てられた学校だよ。居場所として。鳥かごだって言われたりもするけど……、俺は鳥の巣のようだと思う」

「まるで小鳥だしね」

笑ったミランは肩をすくめた。その横顔を見つめるティモシーも、微笑を浮かべている。視線に気づいていながら、ミランは振り返らなかった。目を合わせてしまったら、反応に困るからだ。

騒がしい小鳥たちの中に、ヨナスの姿を見つけ、にぎやかな声に耳を傾ける。そこには、どんな憂いも存在しない。

けれど、ふいに呼びつけられ、ヨナスは真顔になった。川に浸けていた手を引き抜く。浅い川を渡っていく背中は緊張を帯びていた。向こう岸で呼んだのは、マイラントだ。

ミランとティモシーに気づくことなく、ふたりは川から離れていく。

「追わないのか」

ティモシーに問われ、ミランは手元の本を開いた。

「儀式が行われるのは夜だ。おそらく、半月の日に」

答えながら、電話で話したマイケルの声を思い出す。

向こうからかかってきた定時連絡に手短な報告をして、サマースクールに残ることを相談した。そのときに言われたことが、半月の夜についてだ。

リアスト教に決まった教義はないが、各降霊術クラブには一定のルールがあるという話は以前にも聞いていた。

「なにを読んでる？　ずいぶんと堅い本だな」

背表紙を覗き込んだティモシーが、両腕を空へと突き伸ばす。背中をぐっとそらした。

ミランが読んでいるのは哲学書入門だ。興味深い内容だが、理解するには時間がかかる。

「読んで聞かせてくれよ」

ふたたび転がったティモシーが腰あたりをつついてくる。

ミランは笑いながら身をよじった。

「嫌だ」

「さては、読めない単語があるんだろう」

「哲学書だよ？　難しいんだ。だいたい、聞いたって理解できないんじゃないのか？」

「それでも、子守歌にはなる」

ティモシーがふざけたように言い、思わず納得してしまったミランは仕方なく音読を始めた。

「いい声だね、ミラン」

ほとんど眠っているような声で言われ、ちらりと視線を向ける。ミランの隣で横臥しているティモシーは、自分の腕を枕に目を閉じていた。

川遊びに飽きた下級生たちが去って、あたりが静かになると、菩提樹の枝に戻ってきた鳥がさえずり始める。

ミランはささやくような声で本を読み上げ、さりげなく片手を下ろした。指先にティモシーの髪が触れる。

ブルネットのウェーブヘアだ。こめかみから耳へと伝った指が、髪に埋もれていく。ティモシーの呼吸が寝息に変わっても、ミランは視線を向けることができなかった。風が吹くと木立が揺れて、光と影が交錯する。

ミランは引き続き、朗読を続けた。

半月の夜までは動かないようにと言ったマイケルは、真剣な口調で「命令だ」とつけ加えた。

ミランの任務は、加害者と被害者を確定することだ。まだ加害者について確認が取れていないと主張したが、すでに学園側との話がついているらしく、半月の夜には捜査班を送り込むと伝えられた。

病院に収容されているマルティンはまだ記憶が混濁したままだ。そのこともあって、マイケルは慎重になっている。ミランをいますぐに引き上げさせたいと本音を漏らしたが、内偵の仕事は終わっていない。捜査班が踏み込むまで、学園内を見張っている人間が必要なのだ。

ティモシーがシャワーを浴びに行っている間に部屋を出たミランは、敷地内をあてもなくぶらぶらと歩いた。

考えごとは取り留めなく、気づけば旧校舎が見えるところまで来ていた。

夕暮れが近づき、空は淡い菫色だ。

旧校舎の時計塔は美しくそびえている。まがまがしさはまるでなく、学園の象徴として建てられた意図がよくわかる。

緑豊かな森に囲まれた山の上の学園は、まさしく小鳥たちの巣だった。子どもたちはにぎやかにさえずり、旅立ちの瞬間のために羽を震わせている。巣の外には空があり、夢に満ちた自由の風が待っている。

想像したミランは、流れてゆく大きな夏雲に眉をひそめた。

小鳥を捕らえ、鳥かごに押し込もうとする大人がいる。

こうして、半月の夜を待っている間にも、欲望の生け贄として仕立てられている子どもがいるのだ。想像しただけで、嫌悪感に背筋が震える。言いようのない怒りが胸を襲い、拳を握りしめて耐えた。

組織の仕事をこれから先も続けていくなら、理不尽にも目をつぶらなければならない。大きな目的のためだ。力のない者が踏みにじられ、犠牲になっていても、最優先されるべきは任務の遂行だ。そう自分自身へ言い聞かせる。

「ミラン、どこへ行くんだい。夕食の時間になるよ」

背後から声がかかり、足を止めた。表情を作って振り向く。

「散歩をしていたんです。ブラント先生」

「もうじき暗くなる」

寮監督教師のフリッツ・オーゲン・ブラントが近づいてくる。眼鏡を押し上げながら旧校舎の時計塔へと視線を向けた。

「旧校舎は危険だから、近づいてはいけない」

忌避するような口調だ。ミランは一緒になって校舎を見上げながら問うた。

「呪われるからですか」

子どもっぽい無邪気な声が、夏の夕暮れに溶けた。虫の音がにわかに大きくなる。

「そんなものはないよ」

ブラントは声を立てて笑い、手を後ろで組みながら身を屈めた。

「きみでもそんなことを気にするんだな」

「どういうことですか」

「大人びた美しい顔だからだよ。同学年の子たちとはどこか違う」

ふいに手が伸びて、ミランのあご下へ指があてがわれる。流れるような仕草には、かわす隙も見つけられなかった。

むげに振り払うようなことはできず、半歩、後ろへ退く。

「ティモシーも、変わらないと思いますが」

「あぁ、ティモシー・ウェルニッケか。彼の家は成金貴族の代表格だ。彼にはふさわしい血筋だろう」

思いがけず辛辣な言葉を聞き、ミランは驚いた表情でブラントを見た。

「彼のような男と親しくつき合うものじゃない。勝手に部屋を換わったりして……。困ったことにはなっていないだろうね」

「ええ、問題はありません。ごく普通に生活をしていますよ」

「そういうふりをしているだけだ。彼の多情に巻き込まれた生徒は少なくない。……すべてを持っている者は、存在自体が罪悪だ。わかるかい、ミラン。それに引きかえ、持ち得ない者の清廉さはどうだ。きみも、行き場がなくて、ここへたどり着いたんだろう。……わかっているよ」

猫撫で声でささやかれ、指が頰を撫でた。冴えない教師の瞳が、眼鏡の奥で意味ありげに動く。

ミランはぞっとして身を引いた。追うように伸びてくる手から逃れ、首を左右に振る。

「勝手なことを言わないでください。ぼくは……」

「親の都合で、ここへ入れられた。違うかい？　あぁ、ミラン。そんなに悲しい顔をしなくてもいい。よかったら、ティモシーとは別の部屋を用意しよう。サマースクールでまで同じ部屋にいることはない」

ブラントが一歩二歩と距離を詰めてくる。両手がミランの肩を摑んだ。身構えたほどに強い力ではない。しかし、ジャケットの上から肩をなぞり、肘まで下りてくる。

「ブラント先生……」

戸惑いを演じ、視線を揺らす。内心も動揺していた。

ブラントの行動はあきらかにミランを誘導している。さびしさを肯定したが最後、降霊術クラブへ誘われるに違いない。それが想像できた。

しかし、興味のあるふりをするわけにはいかない。儀式への参加はマイケルから禁止されている。

「だいじょうぶです。ティモシーはいい友人ですから」

ことさら明るく返すと、ブラントの瞳は鈍く淀んだ。

「本当に、そうなのかい」

問いながら執拗に迫られ、あとずさるミランはもう小道からはずれていた。あたりは、いっそう暗い。

「先生こそ、なんだか変ですよ。まるで噂になっている降霊術クラブの勧誘みたいだ」

「それは、一部の生徒が勝手にやっている悪ふざけの集会だろう」

すいっと逃げられる。

「ミラン。困ったことがあれば、いつでもかまわないから、寮監督室を訪ねておいで。きみの力になるよ」

優しさをたっぷりと含んだ声だったが、ミランにとっては、頬を撫で回したがっている変態の声にしか聞こえない。

「お気づかいくださって、ありがとうございます。……もう、夕食の時間になりますね」

校舎の鐘が鳴り響き、ミランは一礼した。ブラントの脇をさっとすり抜ける。

「ティモシーは移り気な男だ。傷つけられる前に、考え直すことだよ」

去り際に投げられた言葉が、ミランの胸を突いた。

足を止め、肩越しに振り向こうとしてやめる。そのまま歩き出し、次第にスピードを上げていく。最後は食堂まで一気に駆けた。

ブラントは、ティモシーの素行を知っているのだ。学園内の噂になるほどだから、おかしいことではない。

しかし、心変わりのあとで傷ついた生徒を知っているような口調にも聞こえた。

それはマイラントのことだろうか。そして、受け入れられることなく傷ついた、ヨナスのこと。

心臓がひときわ激しく跳ね、ミランはジャケットの胸元を押さえた。

ブラントが降霊術クラブの参加者なら、半月の夜には捕らえられるだろう。そして被害者は保護され、ミランの生活は元へ戻る。慣れ親しんだ事務所へ帰れば、ここでの生活も終わりだ。

当然の未来を想像すると、ミランの心臓はまた跳ねた。動悸が激しくなる。

もう、ティモシーから触れてくることはない。キスも、寮室のベッドの上で交わしたきりだ。ぎこちなく触れ合ったくちびるの感触を思い出すと、あれは本当にキスだっただろうかと怪しんだ。

それ以前の欲望を伴ったキスとはまるで違っていた。ミランは緊張していたし、ティモシーの心は読めなかった。

食堂のそばまで戻り、空を仰ぎ見る。星がまばらに輝き、夕暮れが紫から青へとグラデーションを刷いている。

胸は痛み続けていた。

ティモシーのことを考えると、もう会えなくなることを思うと、ミランの心は見えない手で摑まれたように苦しくなった。

もしかして、と思う。その瞬間、空に輝く星が胸に飛び込む。

パチッと弾けて、身体がわなないた。

これが恋だというのなら、そうだとしたなら、許されない恋だ。

現実を目の当たりにして、叫び出したい気分になったミランは、即座に恋じゃないと否定した。友情だと、自分に言い聞かせる。

ブラントの言葉の通り、ティモシーは移り気な男だ。たとえ、この夏に心が通じ合ったとしても、秋にはどうなっているか。わからない。

そして、ふたりの未来なんて思い描けるはずもない。踏み込めば、傷つくだけだ。

ジャケットの襟を伸ばし、姿勢を正す。歩き出しながら、来た道を振り向いた。

ブラントの姿はなく、食堂へ向かう生徒もいない。けれど、騒がしく笑っている下級生の声が遠くから近づいてくる。

ティモシーとは、友人として終わりたい。それだけが、彼との繋がりを保っていられる、たったひとつの方法だとミランは信じた。

＊＊＊

「ボートに乗ろう」

ティモシーの手が伸びて、腕を引かれる。

浮き立つような心地で視線を転じ、湖畔の砂利を踏んで歩く彼を見た。制服のジャケットは上質な夏生地で軽い。ダブルブレストのデザインを洒脱に着こなすティモシーは、リボンタイを結ばずに白いシャツの襟を立てていた。着こなしに合わせてデザインの違うシャツを持っているのだ。

「ボート小屋は鍵が閉まっているよ」

引っ張られてついていくミランが言うと、ティモシーはズボンのポケットを探った。ミランの手首を摑んだままで後ろ向きになり、小さな鍵をかかげて見せる。

「どこで手に入れたの」

まるでわからない。

「秘密だよ」

鍵を顔の前にかざし、上機嫌にステップを踏む。引っ張られたミランはよろけながら砂利を踏み、思わず笑った。

戸惑いが胸に兆して、やり過ごす方法がほかにない。恋ではないと否定しても、ティモシーと過ごす時間は楽しかった。

生徒に不人気な湖は、学園のそばにありながら、別の土地へ来たような雰囲気だ。湖面はきらめいているのに、周囲を取り巻く森は鬱蒼としていて少しこわい。敷地内を流れる小川とは比べものにならない水の深さも生徒が近寄らない一因だろう。

事故防止のため、ボートの使用や遊泳も禁止されている。

しかし、ボートを用意するティモシーは手慣れていた。もう何度も遊んできたのだろう。マイラントも乗せたのかと考え、重ねて、別の生徒も想像する。相手をとっかえひっかえしてきた噂を持つ色男だ。ボートデートは常套手段に違いない。

ティモシーがオールを握り、ボートはなめらかに湖の中央へと進んでいく。

太陽は頭上を過ぎて、燦々と輝いていた。雲が流れ、生じた陰りが湖面を滑る。ときおり太陽が隠され、湿気を含んだ風はひやりと吹き抜けた。その瞬間は、ジャケットを着ていてちょうどいいぐらいに涼しいが、陽が差せばやはり脱ぎたいほどに暑い。

ミランは指先を湖面に浸した。湖水は、深い青から木々を映したような緑に色を変え、手で跳ね上げると白く輝く。まるでガラスの珠のようだ。

「ひとりで出歩くのは禁止にしよう、きみは……」

昨晩のうちに報告しておいたブラントの話になり、ティモシーは不満げに言った。水に指を浸けて遊んでいたミランは、ちらりと視線を向ける。

「夜中には出かけないよ。……気味が悪い」

あれほどにあからさまなアプローチをかけられるとは思っていなかったのだ。思い出すほどに怖気が走る。

「当たり前だ。降霊術クラブの会員なら、きみを誘いたくて仕方がないだろう。サマースクールの人の少なさは絶好のチャンスだ」

「なら、いっそ、魔法陣でも見に行こうかな」

「……ミラン。冗談にもならない」

ティモシーの声は真剣だ。ミランも表情を引き締めた。

「……きみは知っていたんじゃないのか。ティモシー」

ブラントが、参加者である可能性についてだ。

「どうして、そう思う」

「昨日も驚かなかったから」

「それは、そうだろう。学園に残っている大人のうちの、だれかは参加者だ」

「外部だけで構成されていることもあるって聞いたよ」

「それは、不良グループが降霊術クラブを形成している場合だ。ここではそれぞれが独立している。……不良グループが使用しているのは、食堂の二階にある隠し部屋なんだよ。

歴史ある不良の溜まり場だ」

「詳しいね。参加したことがあるの」

「あるけど、面白くなかった。酒を飲んで煙草を吸うだけだ。ときどき村に流れてきた踊り子が遊びにくることもある」

「それが目的で行ったんだろう」

ミランはうつむき、軽く笑いながら水を弾いた。気が乗らない話題だ。

「女がいれば、そちらへ気が向くのは当然の話だ」

こともなげに言われ、心が塞ぐ。

「じゃあ、ずっと通えばよかったのに」

「女はいつもいるわけじゃない。あとは愚痴の吹きだまりだ。気が滅入(めい)るだけだった」

「それで、次から次へと……」

「それもないわけじゃないな」

ティモシーは恥じ入るでもなく、かすかな笑い声をこぼした。

「男が好きなわけじゃないだろう」

「嫌いでもない」

あっさりとしたクールな答えだ。ミランは苛立ち、同時に安堵(あんど)も覚えた。

「節操がないね」

本心は隠して、興味なさげに返す。

「ミランは、どっちがいい。女とは？」

「一度だけあるよ」

「どうして別れたんだ。ここへ転校するときに？」

ティモシーに問われ、言葉に詰まった。つき合ってもいない相手だ。恋愛状態にはなかった。しかし、それを教える気にならず、ミランは空を見上げる。

「明け方、うなされていただろう」

答えを待たずにティモシーが話題を変えた。

「悪い夢を見ているようだった」

気づかう口調のティモシーは、凛々しい顔立ちをいっそう引き締めた。しかし、ミランにはうなされた覚えがない。代わりに、思い出す。

半覚醒の夢見心地で、体温の温かさを感じていた。背中を抱かれ、指を掴まれ、心地よさを感じながら握り返したはずだ。

あれは本当に夢だったのだろうか。それとも。

「また、人のベッドに入り込んだな……」

眉根を引き絞って見据える。

「いいかと尋ねたら、いいと答えたじゃないか」

微笑みを浮かべた顔で言われ、つい納得してしまいそうになった。しかし、身に覚えのないことだ。

「完全に寝ぼけていたんだよ。そんなことが答えたことになるなんて……」

「いけなかった？」

ティモシーの目がまっすぐにミランを見る。あごをわずかに上げるだけで視線が絡む。

「どうして、そんなことをするんだよ」

ミランは心の底から問いかける。友情だと答えて欲しい気持ちの中に、自分でさえ持て余す欲の欠片が見えた。

なにも知らないティモシーはオールを手に、首を傾げた。凛々しい目元が片方だけ動く。

「きみだけが、俺を理解できる。その確信があるから……。そんなところかな」

軽妙な語り口が憎らしい。うっかりときめきそうな自分を、ミランは嫌というほど思い知る。

「そんなこと……」

ないと言いかけた頬が熱くなって、くちびるを引き結ぶ。ティモシーを睨んでも、恥ずかしさは消えない。

彼が前のめりに近づいてくると、ボートはバランスを崩して不安定に揺れる。とっさにへりを摑んだミランは、視界の端に異様な光景を見た。

ボート小屋とは別の方角の岸辺に水しぶきが跳ねている。

息を呑んで振り向くと、ティモシーも気づいて小さく声を上げた。オールを摑み、力いっぱいに水をかく。ボートを岸に向かって推進させる。

水しぶきの中に紺色の袖が見えた。ひとりの生徒が、首まで水に浸かっている。なおも進もうとするのを見て、ミランは躊躇なく湖へ飛び込んだ。ジャケットを脱ぐことは考えもしなかったが、夏生地のおかげでそれほど重たくはならない。

ミランに続き、ティモシーも飛び込んできた。暴れて嫌がる生徒を押し戻し、引きずり、ふたりがかりで岸へ戻す。襟についた学年章は六年生のものだ。

全身をびしょ濡れにして泣きじゃくり、ふたりの腕を振り払う。また湖へ戻ろうとする腰に、ミランは飛びかかるようにしがみついた。

自死だ。そう思った瞬間、頭に血がのぼった。少年の肩を摑んで振り向かせ、思いきり拳を振るう。鈍い音がして、少年が倒れ込んだ。そのまま地に伏せって泣き出す。

「ミラン、だいじょうぶだ。もう……」

ティモシーの声がして、理性が戻る。

びしょ濡れになっているミランはうつむき、肩で息をつく。髪の先からしずくが落ちて、泣きじゃくる声で我に返った。

同じく濡れそぼっているティモシーと視線を交わす。そのとき、少年が喚いた。

「もう終わりだ。捨てられたんだ！　死にたい。もう、死んでしまいたいッ！」

身をよじらせて悲痛に叫び、むせび泣きが湖畔に響いた。

「そんなことを言うものじゃない。話を聞くから……」

腕を摑んで引き起こすと、ティモシーがすかさず手伝ってくれる。少年の向こう側へ回り、脇の下へ腕を回して支える。

「小屋の中へ入ろう」

促され、ボート小屋の中へ入った。簡素な造りだ。丸太のテーブルと椅子があり、桟橋へ出られるようになっている。

少年を椅子へ座らせたティモシーが、もうひとつの椅子をミランに勧めた。少年のそばに置く。

「俺はタオルを取ってくる」

ジャケットを脱いだティモシーに言われ、ミランはうなずいた。出ていく背中を見送り、濡れそぼったジャケットを脱いで絞る。それから、椅子の背にかけた。

ジャケットだけでなく、ズボンもシャツも同じようにする。靴も椅子のそばで逆さまにした。

それから少年にも脱ぐように声をかけ、一通り水気を絞った。

「……ぼくはミランだ。八年生のミラン・シェーファー。きみの名前は？」

明るく問いかけると、涙を浮かべた少年はまばたきを繰り返した。涙のしずくが転がり落ちていく頬は、まだふっくらとしていて、あどけなさが残っている。

「……オルト。オルトヴィン・ミューラー」

「オルトか。よろしくね。寒くはない？」

絞ったシャツを肩にかけてやると、オルトは力なくうなだれた。

ミランも自分のシャツを肩にかけ、彼の前に座る。

「あんなことをして、どうするつもりだった？」

「……死のうと、思って」

答えたオルトは遠い目をした。この瞬間、催眠術にでもかかったようだ。急に焦点を失い、うつろな瞳になる。

ミランは注意深く彼を観察しながら言った。

「捨てられたって言っただろう。だれに？　救いにはならなくても、話を聞くぐらいはできる。……どうせ死ぬのなら、最後に話していくといいよ」

ミランの言葉に、オルトが顔を歪めた。

「死ぬわけがないと、思っているんですか」

青ざめたくちびるが震え始める。ミランはゆっくりと首を左右に振った。

「死にたいと思う人間を引き止める言葉なんて、持ってないよ。でも、だれかに言い残したいと思わない？　ぼくなら、そう考える」

「……変な人」

「そうかな。ねぇ、話してごらんよ」

ミランは前のめりになって、剝き出しになっているオルトの膝へ手を伸ばした。ほんの少し触れただけで、オルトは大げさに飛び上がる。敏感すぎる反応だ。

「オルト……。もしかして……もしかしてだけど。こんなふうに、きみに触れた人がいるんじゃない？　その人から、捨てられたと思ってるんだろう？」

「……好きだったのは、ぼくだけだった」

大きく息を吸い込み、オルトは両手で顔を覆った。

「愛してくれるから、なんでも言うことを聞いたんだ。だけどそれは、ぜんぶ……」

言葉を詰まらせ、オルトは身を屈めた。裸足の踵で、感情的に床を踏み鳴らす。ミランは声をひそめた。

「もしかして、降霊術クラブ……？」

言葉にした瞬間、オルトの身体が大きく震え出した。

「……信じて、くれるんですか」

薄青い瞳が、キトキトと落ち着きなく揺れ動く。ひどく神経質になっている。

「どういうこと？」

できる限りの優しい声で問うと、オルトはまた涙をこぼした。

「だれも信じてくれない。夢遊病だから、悪い夢を見たんだって」

「友達が言うの？」

「だれにも言えない」

「じゃあ、だれが……」

尋ねながら、ミランは口ごもった。脳裏に、ひとりの教師が浮かび上がる。

「ブラント先生」

ぼそりと口にする。オルトの頬があきらかに引きつり、目の縁も真っ赤に染まっていく。滲んだ涙の粒が、はらはらと頬を転げ落ちた。

「そうか、やっぱり、あの人なのか。……聞かせてくれる？　捨てられたというのは、もう誘われなくなったってことなのかな。あれは、いつ、どこで行われているの」

「……サマースクールの、半月の夜」

オルトはぼんやりとした目で答えた。

「ぼくは、二年生だった。初めの一年は緊張している間に過ぎて、次の年は、さびしくて、家に帰りたくてたまらなかった。でも、父は再婚したばかりで……。ブラント先生は親身になって話を聞いてくれた。眠れるようにと東洋の薬をくれて……。いつの間にか夢遊病になってたんだ。自分では寝ているつもりだけど、勝手に歩き回ってしまって。そのたびに先生が連れ戻してくれた。それで……」

「先生を頼りに思うようになった？」

「好きになったんです」

オルトは夢見るように、うっとりと目を細めて言った。

「不思議と心が通じ合って、先生はいけないことだと言ったけど、ぼくの気持ちは変わらなかった」

「……うん」

うなずくミランは、内心に湧き起こる苦々しさをこらえた。すべては、異常性愛者の手管だ。彼の心をゆっくりと支配して、身も心も投げ出すように洗脳したのだ。

「儀式に参加したのは、その夏で……。それからずっと続いていたのに」

「もう来なくていいと言われた？」

「……違う」

オルトは目を閉じてうなだれた。

「別の生徒と、それをするようにって……。ぼくは、先生が好きだから、嫌だって言った。でも、従うことが愛情の証しなんだって……。もしも従わなかったら、……写真を、父に送るって」

「撮られていたのか」

「知らなかった。初めて見せられて、……これまでずっと、先生とだけしてきたつもりだった」

「オルト」

話の雲行きが怪しい。続けさせるべきか、ミランは迷った。しかし、止める間もなく、オルトは涙を流しながら言った。

「写真の中のぼくは、知らない大人とも……。そんなつもりはなかった。降霊術クラブは、噂と違って、ごく普通の集まりだったし。でも、よく考えれば、いつも、知らない間にベッドへ戻っていた」

青白い顔をしたオルトはいまにも倒れそうだ。不安げな瞳は現実を否定しようと必死になり、焦点を失っては取り戻すことを繰り返していた。

彼もリアスト教の犠牲者だ。彼自身に自覚がない可能性を考え、ミランは優しく語りかけた。

「オルト、いいかい？　よく理解して欲しい。大人はね、特に教師は、子どもに手を出したりしないんだよ。もしも、きみのことが本当に好きなら、額にキスするだけで卒業まで待つはずだ」

「ブラント先生は、リアスト教徒なんだと思う」

自分で言葉にした瞬間、オルトの顔に憎悪が滲んだ。羞恥と後悔と激しい憎しみが揺れている。だれを恨むべきか、決めかねているのだ。

それほど、オルトは溺れたのだろう。

「……そうか」

かける言葉を探して、ミランはうつむいた。愛情と快楽の両方に救いを求めた自覚があるから、オルトは自分を罰するために湖へ入ったのだ。

「きみは犠牲者なんだよ、オルト。でも、だからってね、……きみが永遠に傷つくことはない」

「忘れろってことですか」

「覚えているよりも、ずっと楽だと思うよ。いますぐには無理でも」

「そんなこと、できそうにない」

「そうかな。ブラントを本当に恨むならできるはずだ。……恨むんだよ、オルト。そこに愛はなかったし、きみも相手を愛さなかった。それは、ただの暴力だ」

「でも、ぼくは……」

「生きていればわかる」

言葉でごまかそうとするのを遮って、ミランは前のめりに近づく。

「さびしさをごまかすセックスと、本当のセックスは違う。きっと、違うんだよ。その日が来たら、きみの経験したことは暴力に過ぎなかったと理解ができる。あきらめがつかなくてもいいんだ。……怒って、恨んで、それでいい。でも、それはね、きみ自身に対してすることじゃないんだ。きみは悪くないんだから。生きてみることだよ。オルト。生きてみよう……？」

うつむくオルトの顔を覗き込み、ミランはせつせつと訴えた。ふたりはしばらく押し問答を続け、やがて根負けしたようにオルトがうなずく。

泣き出す肩を、ミランは迷いなく抱き寄せた。

オルトが泣きやまないうちに戻ってきたティモシーは、ふたり分の衣服を差し出した。着替えている途中から、このまま病院へ行くべきだとオルトを説得する。

手はずを説明されたミランは驚いた。どこで、だれに相談したのか。ティモシーに対する謎は深まるばかりだ。

しかし、反対する理由はない。ティモシーの提案通り、三人で学園を抜け出た。

しばらく歩き、坂をのぼってきたタクシーに乗って村へ降りる。ひとけのない場所に病院の車と乗用車が停まっていて、優しい顔立ちの女が福祉員の登録証を見せてきた。

オルトは保護され、ティモシーとミランは福祉員の車で途中まで戻ってくる。山道で車を降りると、ティモシーは森の中にある小道を迷いなく選んだ。

ミランは何度も驚いて言葉を失う。なにを聞くべきかもわからないからだ。頭の中にも、『なぜ』以外の言葉が浮かばない。

代わりに、オルトとの会話内容を尋ねられた。伝え終わる頃には、学園の敷地内に戻っていて、薔薇園のすぐそばに出る。まだ日は暮れていないが、太陽は斜めから差し込む。森の爽やかな風にかぐわしい香りが混じり、深呼吸したミランの胸に溢れた。

ふたりは寄り道ついでに、庭園の中を巡ることにした。　ようやく咲き揃った庭はどこを見ても美しい。　マイラントとヨナスを見かけたアーチも、見違えるほど華やかだ。

前を歩くティモシーが、肩越しに振り返った。

「おそらく、オルトのような生徒が、次の犠牲者を引き込む役なんだろう。断ったり、妙な気を起こさないように、弱みを握っているわけだ」

「そもそも、催眠術にかけられているようなものだよ。薬物の使用も確実だ」

ミランが答えると、ティモシーは静かにうなずいた。

「そうだな。そのあたりは福祉員が確認するだろう。彼女は、リアスト教で虐待を受けた子どもの担当だ」

「……ティモシー、きみは」

「その話はあとにしよう。夕食の時間が来る前に、きみは電話をかけるだろう」

当たり前のように言われ、ミランは立ちすくんだ。ティモシーへの不審感はいよいよ強まる。

「ミラン？」

もしかして、彼もどこかのエージェントなのかと疑った。民間の警備会社はいくつも存在する。組織によっては、若い課報員を抱えているだろう。

「どこで電話をかけられる？　寮ではダメだよ。盗聴される恐れがある」

問い詰めたい気持ちを抑え、ミランは先を急いだ。ティモシーの言う通り、いまは現状報告が先だ。福祉員に繋がったことも併せて、外部からの手配についてマイケルと打ち合わせなければならない。

「とっておきの場所があるから。おいで」

手招きをしたティモシーは迷うことなく、石造りの新校舎に近づいた。裏口の鍵を開けて中へ入り、階段をのぼって廊下を歩く。

窓から差し込む光は西日になりつつあった。

「俺は外で見張っているから」

そう言って開かれたドアは、教室とは比べものにならないほど重厚だった。最上階の角部屋だ。

ミランが室内へ入ると、ドアは静かに閉まった。ティモシーがつけた、扉のそばの明かりだけが部屋を浮かび上がらせる。

　窓には分厚いカーテンがかかり、外は見えない。大きな本棚が置かれ、暖炉、応接用のテーブルとソファ、そして、奥に大きなデスクが据えられている。

『理事長室』と書かれたプレートが部屋の外に貼られていたことを思い出す。つまり、学園の中で一番上等な部屋だ。グランツ・ブリューテ・ギムナジウムを創立したシュヴァル家の紋章が至るところにあり、壁にはずらりと写真が並んでいる。

　ミランはデスクの上の電話を使ってマイケルに連絡を入れた。オルトのことを報告した上で、福祉員が動いていることも伝える。

『ミラン。もう仕事は済んだも同然だ。迎えを寄越すから、戻ってきなさい』

　すべての報告が終わったあとで、マイケルが言った。当然の命令だったが、ミランは口ごもった。

　後ろ髪を引かれる思いがするのは、もうここへ戻ることはないと知っているからだ。ニールを初めとした友人たちの顔が次々に浮かび、最後にティモシーの笑顔が現れる。

　胸のうちが激しく乱れた。

『ミラン。なにか気になることでもあるのか』

「いえ、ありません。……マルティンは、どうですか」

『あぁ、記憶はまだ混濁しているが、ケガの後遺症はないようだ』

「……よかった」

デスクに片腕をついたミランは安堵の息をつく。

「彼を襲った人間はわかりましたか」

『あぁ、わかった』

マイケルの答えを聞きながら、ミランは硬直した。壁の写真に釘づけになる。

『……ミラン？　聞いているのか。ミラン』

呼びかけられたが、声は耳を素通りしていく。

壁にかかっている写真は、歴代の理事長たちだ。なにげなく見ていたときには気づかなかったが、そのうちの数枚がよく見知った男と似ていた。写真の男は見るからに年配だが、顔の特徴は彼と同じだ。

彫りが深く、鼻筋が通っていて凜々しい美丈夫。

「ええ、聞いています。……マイケル。ブリューテ校の現在の理事長は、シュヴァル家のどなたですか」

『ご当主だ。もうずいぶんと高齢で、学園の運営は校長に任せているはずだ』

「では、今回の依頼は、その方が……」

『いや、別人だ。きみは会ったことがあるはずだ』

マイケルの声色は微塵も変わらない。そういう老獪な男だ。

「……そうでしょうね」

ミランは脱力を覚え、同時に笑ってしまう。

「ぼくが信用できなかったんですか」

マイケルに対し、ミランは不満を隠さなかった。相手は低く笑い声をこぼした。

『当然だろう。初任務だ。こちらとしては、マルティンのおまけ程度に考えていたんだ。それが、こうなってしまって……。彼がいなければ、即時撤収だった』

現実を見せられたが、憤りも落胆も感じない。心はありのままを受け止めた。

「彼は、知っているんですね。ぼくが、そうだと……」

『いや、説明をしたことはない』

マイケルの声は真剣だった。

『だが、頭のいい青年だ。転入の時期から考えれば予想がつくだろう』

「わかりました」

冷静に答えて、あとの段取りを相談した。頭の中は至ってクリアだ。淀みなく冴えている。しかし、受話器を本体へ戻したと同時に、くちびるが震えた。

手の甲を押しつけ、深呼吸を繰り返す。感情が昂り、収まりきらない。自分の子どもじみたところだと自覚しながら、広い理事長室を大股に横切った。

ドアを開くと、廊下の窓際に立っていたティモシーが振り返る。

長身で腰高な彼を見た瞬間、胸に渦巻く激情が吹き飛んだ。冷静さがふたたび舞い戻る。

「依頼主は、きみなんだろう」

ミランの問いかけに、ティモシーは肩をすくめた。肘を上げ、髪をかきあげる。柔らかく波打つブルネットの髪が長い指先に絡んでいた。

「ティモシー・ウェルニッケ。きみ、本当の名前は？」

「ティモシーだ」

凜々しい端正な顔立ちに、余裕のある微笑みが浮かぶ。ごまかされるのかとミランは身構えたが、そうではなかった。

「ティモシー・ヴィルケ・フォン・シュヴァル。現在の理事長は祖父で、俺は長男筋の五男坊」

「中に貼ってある写真と顔がそっくりだった」

「気づくだろうと思っていた」

人の気配がしない廊下は、声が反響しやすい。ティモシーが身を屈め、小声で言った。

「さすがだよ。ミラン」

腰に腕が回り、出てきたばかりの理事長室へ連れ戻される。遠く、物音がしたことには、ミランも気づいていた。見廻りかもしれない。とっさに隠れたティモシーはドアの鍵を閉める。

「儀式の日に、組織が捜査班を送ってくる」

ミランが言うと、ティモシーは小さくうなずいた。

「以前、警察は避けてもらうように頼んだのは俺だ。福祉員との調整は向こうがしてくれるだろう」

「そういう話だった。問題はなにもない」

「終われば、きみは去ってしまうのか」

ティモシーの腕が、ミランを壁沿いに閉じ込める。

「そうなるね」

そっけなく答えながらも視線を逸らすことができず、ティモシーの整った目元を見つめた。湖面のように凪いだ瞳は大人びて落ち着き、ミランをたまらなく不安な心地へと追い込んだ。鼻の奥がつんと痛む。

「卒業するまでいればいい」

ティモシーが顔を傾けるように覗き込んでくる。

「そんなこと……、できるといいね」

まっすぐな視線に戸惑い、ミランはついに視線をはずした。ときめく心の苦しさに、息さえも浅くなる。

ティモシーの誘いは、胸の奥に隠したミランの本心だ。

編入してきたときには、組織から認められることに必死で考えもしなかった。しかし、いまとなっては、グランツ・ブリューテ・ギムナジウムの生徒として過ごす時間が惜しい。

「きみが望むかどうか、それだけじゃないか」

ティモシーはこともなげに言う。真実ではあるが、ミランはうなずけなかった。

残りたいと思う裏側に、ティモシーへの想いが隠れているからだ。この気持ちは友情じゃない。シンパシーと呼べるドライさもなく、これ以上一緒にいたら、きっと好きになる。

「ミラン。俺はね、いまはまだ、きみの本当の名前も経歴も聞こうとは思わない」

ティモシーの指が、ミランのなめらかな頬をたどった。あご先が指に捕らわれ、くちびるが近づく。

ミランは身を引き、壁に背中を押しつける。身体がぶるっと震えて、伏せたまぶたの細い視界に、ティモシーの精悍な顔立ちが迫った。

どうしてこんなことをするのか。その疑問は口にしない。彼の考えは、もうわかっているからだ。

くちびるが押し当てられ、両手で頬を包まれる。

優しく甘いキスだ。それだけで、なにを言われるよりもティモシーの気持ちがわかる。

誤解や思い込みではない、不思議な確信にミランは伸び上がる。踵が浮いて、つま先立つ。

くちびるがそっと離れて、ふたりの視線が絡んだ。

ミランが感じるように、ティモシーも互いの気持ちを摑んでいる。惹かれ合う孤独を、きっと知っている。

「ぼくなんかを、好きになっても……後悔するだけだ」

「きみから与えられるものなら、後悔でもかまわない。これきりになるよりはいい」

「……ダメなんだ」

ミランは首を振った。

「これは、ぼくの資質を試すためのテストだ。成功すれば、エージェントになれる。……だから」

「ミラン。きみは、オルトに、自分の居場所を探せと言った」

それは別れ際の言葉だ。ロシュティの村で見送ったとき、彼に話した。そばにいたティモシーは一部始終を聞いていたのだ。

「俺も、きみも、居場所を探している最中だと思う。それに……、きみにとって、必ずしもいまの組織が居場所と言えるだろうか」

「なにを……」

「俺にしても、そうだ。貴族と言っても、五男坊なんて、なにの得もない。祖父が理事長の間は学園の心配をしても許されるけれど、父の代に変わればもうわからない。ここで過ごす猶予はあと一年。それが過ぎれば海外の大学へ行く。……ミラン、きみも行こう」

「突拍子もない」

あまりのことにあきれた目を向けると、ティモシーはしらっとしたニヒルさで片頬を歪めた。

「本気だよ」

「家柄を気にするわけじゃないけど……、でも」

「俺が、次から次へと相手を変えていたことが気になる？　それはもう絶対にしない。君の正体に予想がつきながら触れたことも、悪いと思っているよ。もっと、スれた男が来ると思っていたから」

「そうじゃなくて……。きみとのことは、無理矢理だとは思っていないし……。これは、ぼくの問題だ。……きみにふさわしいとは、思えない」

選択肢がない状況だから、男のミランを美しいと勘違いしているのだ。広い世界へ出れば、きっと目移りする。

「……俺のことが好きなのに、そんなこと言うのか」

ため息混じりの憂い声にミランは顔を歪めた。図星をさされて、胸が痛む。

ティモシーと離れたくないのが本心だ。あと一年だけでもいいから、小鳥たちの巣の中で、彼のすべてを感じて生きてみたい。

笑い声を聞き、笑顔を見つめ、そして肌に触れ、ふたりの未来を夢に見る。

「自分のしてきたことを後悔している。きみと出会うとわかっていたら、ほかの子に手を出したりしなかった。……自分の孤独を持て余しても、じっと耐えていられただろう」

「でも、未来なんて、だれにもわからないから」

慰めると、手を握られた。熱い体温が伝わり、胸の鼓動さえ聞こえてくるようだ。

「わからないから、ふたりで探そう。ミラン、まずは考えて欲しい。いますぐじゃない。すべてが終わってから返事を聞かせてくれ。……俺は、きみの人生を彩る華になりたい。……愛しているんだ」

甘い言葉が機関銃のように、ミランの心を撃ち抜く。けれど、すべては夢物語だ。

「できない」

断言して、胸を押し返す。ティモシーは首を振りながら食い下がった。

「したいか、したくないか。好きか、嫌いか。きみが覚悟を決めてくれたら、どんなことをしても道を作る。できないことなんてなにひとつない」

「どうして、そこまで」

「そんなことを聞くものじゃないよ」

あきれたように眉を跳ね上げたあとで、困ったように薄く笑う。

「だれも愛せないと思っていたんだ。その孤独はきっときみにもわからない。わかってもらおうとは思わないし、わからないで欲しい。だれにも他人のことなんてわからないんだ。でも、愛を求めてしまうものだろう。俺は、きみが欲しい」

熱っぽく訴えてくるティモシーの額に、うっすらと汗が浮く。

持ちうるすべての言葉を尽くし、ミランがどれほど自分にとって特別なのかを説いてくる。ほんの一瞬、彼が年下らしく見えた。

「ティモシー。きみこそ、よく考えなければ……。きっと、毛色の違った男だから、もの珍しいだけで」

自分を卑下して逃げようと試みたが、強く抱きしめられてしまう。

腰が触れて、背中に回ったティモシーの手が襟足を探る。くちびるが触れて、今度は深く重なった。舌先が艶めかしく忍び込む。

「んんっ……」

濃厚なキスだ。抵抗の声がくぐもり、ミランの身体は素直に反応した。のけぞるようにしなった背中を撫でられ、何度も角度を変えてキスが繰り返される。

「ティモ……シ……。ん……っ」

奪われるような激しさに、ミランはめまいを覚えた。快感よりも強い恋慕が身に溢れ、求めてくるティモシーの必死さが痛いほど理解できる。

からかいでもなく、快楽を埋め合わそうとするのでもない。

ミランは迷いながら、キスを受け止める。

このまま別れることになったら、きっと、いつまでもティモシーを忘れずにいるだろう。

窓辺に立っているときの美しい立ち姿を、きっと思い出す。

そして、それは想いを受け入れても同じだ。

好きなのだから、忘れることはできない。ミランはもう、恋の真ん中にいる。しかし、道に迷って立ちすくむばかりだった。

【5】

マイラントとヨナスの行動に気を配るミランは、自分の恋を棚に上げた。考えたところで、彼を受け入れる決心などできない。

それよりも、いまは半月の夜のことだ。病院へ入ったオルトの話では、ブラントに命じられた彼がマイラントを誘い、続いてヨナスが引き込まれた。彼らの孤独を見抜いたのはブラントだ。オルトは両親に呼び戻されたことになり、学園の事務局からの通達が回る。

ブラントが警戒している様子はなかった。

当日の夜はミランの所属する組織が仕切り、捜査班の人間が現場へ踏み込む。確保された加害者たちは、学園の外で警察に引き渡されることになっていた。

そもそも、ティモシーが組織に依頼してきた理由も、警察の直接介入を避けるためだ。学園には自治を守るという建前がある。

そして、当日、ミランは寮の部屋にいた。

正体を明かしたティモシーはあからさまに過保護で、今日だけは外へ出るなと釘を刺してきた。ブラントは第一寮の寮監督教師でもあるから、部屋を出ることも極力避けるべきだと執拗に繰り返し、自分は出かけたきりだ。日が傾いてもまだ戻ってこない。

仕方なく従ったミランは、窓辺に椅子を置いてぼんやりと外を眺めた。この瞬間にも、ティモシーは捜査班に踏み込ませる下準備をしているのかもしれない。

そう思うと、気楽な気分ではいられなかった。

けれど、彼の気持ちもわかる。叶えてやれることはこれぐらいかと思うと、指示を無視することはできなかった。

爽やかな森の匂いを胸いっぱいに吸い込み、窓枠に肘をかけてもたれる。

理事長室でキスをしてから、ティモシーは感情を隠さなくなった。目が合えば距離を詰められ、うっかりするとくちびるが重なる。

どれも軽いキスで、それ以上には進まない。けれど、とても冷静ではいられなかった。

胸の奥が疼き、息をするのも苦しい。

いっそ、この学園に残ろうかとミランは考えた。ごく普通の学園生活を望めば、マイケルは喜ぶのだろうか。本当のところはわからない。

一年をここで過ごし、それから先を考えても遅くはなかったが、いずれ訪れる別れを数えることになるだけだ。

いま失恋するか、それとも、一年後に先延ばしするのか。

ため息をつくと、ドアをノックする音が響いた。

立ち上がったミランは部屋を横切った。物思いに耽っていたので、警戒もせずにドアノブへ手を置く。一瞬で我に返り、身を翻してベッドの下へ潜り込んだ。

かけたはずの鍵が外から開錠される。部屋の鍵は生徒たちに渡されていない。寮監督の教師が一括管理しているからだ。

「おかしいな」

ドアが開閉し、声が聞こえた。ふたたび鍵がかかる。想像通りにブラントの声だ。

床を鳴らして歩いてくるのを、ミランは息を殺しながら見つめた。ベッドの下は荷物を入れておくスペースになっている。目隠しになるように荷を崩したが、覗き込まれたらすぐに見つかってしまう。

荷物の隙間から見える足が立ち止まる。まずティモシーのベッドの下を覗いたようだ。

箱をずらす音が聞こえる。

ミランは浅く息を吸い込んだ。ほこりっぽさに咳き込みそうになるのを必死にこらえた。

しかし、見つかるのは時間の問題だ。わざわざ、鍵を開けて入ってきたのだから、ミランを探しているに違いない。

ぞっとしながら身を硬くしたミランは目を凝らす。そのとき、ドアが開いた。

「先生。そこはぼくのベッドですが」

聞こえたのは、ティモシーの声だ。ミランの荷物に手をかけていたブラントの足が遠ざかる。

「そうか。階を間違えたようだ」

なにごともないように答えるブラントは食えない男だ。

「鍵をかけていたはずだが、きみも鍵を持っているのかな？」

「……いえ？　鍵はかかっていませんでした」

「嘘だね。出しなさい。ティモシー。……ティモシー・ウェルニッケ」

ブラントの声が低くなり、詰問の口調になる。

「あまり好き勝手にするものではない」

ティモシーは素直に従ったのだろう。勝ち誇ったような声を残したブラントの足音が軽やかに遠ざかる。

「……ミラン、かくれんぼは終わりにしよう」

ティモシーの手が荷物の隙間に見えた。ミランは這い出し、身体にまとわりついたほこりを払う。髪についた分はティモシーが振り落としてくれた。

「鍵を持っていたんだね」

「……取り上げられたけど」

いたずらっぽく眉を引き上げて笑う。素直に渡したのは、問題を起こせないからだ。

「外へ出ようか」

自室も安全ではないとわかり、ふたりはなにげなさを装いながら裏口へ向かう。階段を下りきったところでブラントと鉢合わせしたが、ミランもティモシーも焦ったりはしなかった。生徒たちがよくするように、肩を寄せ合って笑い、そそくさと裏口を出る。

「扉越しに部屋での会話を聞いていたかな」

外へ出てからミランが尋ねると、ティモシーはからりと笑った。

「おそらくはそうだろう。きみがまたひとりになるのを待っていたのかもしれない」

夕暮れまであとわずかだ。太陽はいっそう傾いている。

「……でも、かくれんぼなんて、おかしな話だ。信じただろうか」

「生徒なんて不条理のかたまりだよ」

「それで、今度はどこへ隠しておくつもり？」

ミランが聞くと、ティモシーは足を止めずに肩へ手を回してきた。ぐいっと引き寄せられ、こめかみにくちびるが押し当てられる。

「さっきは危ないところだった。部屋へ戻ってよかった……」

吐息が吹きかかり、ミランの身体はぞくりと震える。逃げようと身をかわしたが、肩に回った手は力強い。

「目を離して後悔したくない。このまま、ついてきて欲しい」

「どこへ？　まさか、学園の外に……？」

身構えると、ティモシーは困ったように眉根をひそめた。

「離したくないんだ。いま、別れたら、二度と会えない気がする」

ミランの手を握り、小道をまっすぐに見た。意を決した横顔は、見惚れるほどに端正だ。

「……きみにはふさわしくない場所だ。でも……」

「ティモシー。もしかして……、旧校舎に」

くちびるを閉じて、じっと見つめる。ふたりはそれぞれにあたりを見回した。だれの声もせず、だれの姿も見当たらない。

「望むところだ。この目で確認しておきたい」

気を引き締めて答えるミランに対し、ティモシーはかすかなため息を漏らした。


警戒しながら遠回りで旧校舎へ近づき、裏へ回る。裏口はふたつある。そのひとつの鍵をティモシーは所持していた。

いままで黙っていたことに、ミランは憤りを覚えなかった。それよりも、初めて潜入した旧校舎の内部に緊張する。一階の窓はすべて木板で覆われていて暗い。わずかな隙間から差し込む夕暮れの微光だけでは頼りなかった。

ティモシーがペンライトを取り出す。ミランも自分の胸のポケットから取り出してつける。注意深く足元だけを照らした。

「夕食のときにいないと、不審がられたりしないかな」

「かまわないさ。ブラントは今後も学校に残るつもりでいるんだ。無理なことはしないだろう。……俺に捨てられたときが、きみをモノにするチャンスだと思っているかもな」

ティモシーは何度も入ったことがあるらしく、迷うことなく歩いた。旧校舎は鍵型の三階建てで、交差部分に時計塔が造られている。

「さ、入って」

用心深く中を窺ったティモシーに促されたのは、三階の角の部屋だ。中は真っ暗で、ふたつのペンライトの光が交錯する。窓にかかったカーテンは古びていたが、外の光を通すことはなかった。

「なにも触らないように。こっちだ」

ペンライトで先を示されて、ミランは足元を照らしながら従った。部屋の中には、甘い匂いが染みついていた。儀式のときに焚く麻薬のせいだ。空気を入れ換えたい衝動に駆られたが、できるはずがなかった。

ティモシーは部屋を横切り、壁へ近づく。ミランにはわからなかったが、ドアがあるらしい。ペンライトをくちびるに挟んだティモシーは、旧校舎の鍵がついている鍵束から別の小さな鍵を選ぶ。開錠して、注意深くドアノブを回す。建てつけが悪いのだろう。もしかしたら蝶番（ちょうつがい）が壊れているのかもしれない。

ドアは軋んだ音を立てながら開いた。

「教員室のウォークインクローゼットだ。ぶつからないように気をつけて」

真っ暗闇へ促されたが、ミランは躊躇しない。ペンライトの明かりを頼りに中へ入る。ティモシーも続き、ドアを閉じた。内側にも簡易な鍵が取りつけられていたが、それは比較的新しく見えた。

確認するまでもなく、隣の部屋を覗くために整備してあるのだろう。

「儀式を覗くなんて、悪趣味だ」

どこに隙間があるのだろうかと考えながら、ミランは不機嫌な声で責めた。ティモシーはかすかな笑い声をこぼした。

「自分でもそう思うよ。胸が悪くなる光景だ。きみには見聞きさせたくなかった」

沈んで聞こえる声に、ミランの胸は苦しくなる。ティモシーだって、見たかったわけじゃないだろう。

「前から知っていたなら、参加者の特定ができたんじゃないのか」

声をひそめて尋ねる。

「なにが行われているかの確認ぐらいはできる。でも、暗くて、よくわからない。特定できなかった。確かに犯罪は行われている。だから、きみの組織に依頼を出したんだ。そこに椅子がある」

ペンライトが動いて闇に椅子の断片が浮かぶ。ミランは警戒しながら腰かけたが、しっかりした造りで軋みもない。

「ここの壁に穴を開けてあるんだ。壁には絵がかかっているから、その端から覗く感じになる」

ティモシーのライトが壁を走る。しかし、その穴がどこにあるのかは見えなかった。ウォークインクローゼットの中は真っ暗だ。なにも見えない。

「これまでは踏み込むことができなかった。けれど、今夜は違う。いざとなれば飛び出していける」

「そんなこと……、危険だよ」

ミランは力なく答えたが、ティモシーは本気だ。

ふたりはしばらく黙り込み、ただ時間が過ぎるのを待つ。日が落ちて夜が更けるまで、まだ長い。

不穏な静けさの中で、時計の針の音も聞こえずに時間が過ぎていく。いつ電池が終わるとも知れないのでペンライトも無駄にはつけられない。暗闇の中で自分の指先も見えず、ミランは漠然とした不安に囚われた。身体の境界線も闇に溶けていくような気がする。

「きみは……」

空気にまぎれるようなティモシーの声が聞こえた。

「どうして、俺を受け入れたんだ。……いや、受け入れたわけじゃないな」

足が触れて、熱が伝わる。ミランの身体は境界線を取り戻し、不安も遠ざかっていく。

「……利用できるかもしれないと……、思ったんだ」

言葉にすると、胸がヒリヒリ痛んだ。言った先から否定したくなる。

「ティモシーは、どうして……。あぁ、いい。言わなくても」

聞くまでもなく知っていた。彼は他人の肌で孤独をまぎらしていただけだ。マイラントを遠ざけ、ぽっかりと空いた虚無を新しい相手で埋めた。

元から外部の人間だとわかっていれば、気が楽だったのだろう。

「きみの想像していることは、なんとなくわかるよ。ミラン。でも、そうじゃない。初めはそうだったけど……、違うんだ」

その声を、どんなふうに受け取ればいいのか。ミランにはわからなかった。ただ、顔が見えない分だけ、心の奥にじんわりと熱く染みるものがある。

孤独と哀しみと、深い後悔。そして、ほんのわずかな希望の気配がする。

ティモシーにとって自分がそんな存在だと知ることは、ミランの心を傷つけた。気持ちに応えることはできない。

「俺が好きだろう、ミラン。……俺は、きみを好きになって、初めのようには触れられなくなった。……好きなんだ」

闇の中でも、彼の顔が見えるような気がした。ミランは指を伸ばし、ティモシーの足に触れる。そこから手を探して握りしめた。

「出会えたこと。それだけでいい。……いいじゃないか」

「そんなふうには思えない」

わがままを言うようなティモシーの口調に、ミランは身体を傾けた。肩をぶつけて、もたれかかる。

引き合うようにキスをして、ミランは笑った。

「そう……」

「こんなに暗いのに、目を閉じてしまうものだね」

話さないで欲しいと言いたげなティモシーの指先がくちびるをなぞる。

こんなことをしている場合ではないと思いながら、ふたりは寄り添うことを止められない。

キスを繰り返し、たわいもないことを小声でささやき合う。笑い声も押し殺した。これから始まるであろう肉欲の儀式を前に、ふたりは言葉にできない緊張を共有している。

できる限り続いて欲しいと願った時間は過ぎ去り、隣の部屋から人の声が聞こえた。

暗闇に包まれているウォークインクローゼットの壁に、淡い琥珀色をした小さな丸が浮かぶ。額縁の陰に隠された覗き穴だ。

隣の部屋では、燭台か、ランプが使われているのだろう。光はうっすらとしていた。

ミランは立ち上がらず、耳を澄ませた。

人の数を感じようと思ったが、それも難しい。隣に座っているティモシーが膝を指で叩いた。立ち上がる気配がして、丸が消える。向こう側を覗いているのだろう。

やがて戻ってきて、吐息をつくようにささやいた。

「……ブラント。……生徒、五人……。ふたり、も、いる……」

ヨナスとマイラントのことだ。暗くても、特徴を知っている相手を探すことはできる。

『予定していた新しい参加者はなしだ。さぁ、みんな、盤の周りに集まって』

壁越しの声は、思いのほか大きく聞こえた。

床を踏む音が聞こえ、少年たちの声がする。なにを話しているのかまでは聞き取れない。

ミランは意を決して立ち上がった。ティモシーに介助され、つまずくこともなく壁へ行き着き、小さな穴を覗く。

生徒は確かに五人だ。部屋にはいくつかのラグが敷かれ、琥珀色のライトが置かれている。顔を判別するには薄暗いが、マイラントとヨナスはこちらを向いていたのですぐにわかった。彼らは部屋の中央に敷かれたラグの上へ集まる。ブラントが板を置く。霊応盤だ。

小さなコップを伏せて乗せる。

生徒たちが次から次へと指を乗せ、ミランには聞き取れない呪文のような言葉を繰り返した。部屋の空気が変わり、ブラントが一歩下がった。

盤の上で、コップがぐるぐると回り始める。

部屋を覆う緊張感は限界まで張り詰め、生徒たちは呪文を繰り返す。次第にトランス状態に入っていくようだ。マイラントがフラフラと揺れ始め、隣の生徒も身体を前後に振り始めた。ほかの生徒たちも、思い思いに上半身を動かす。

ブラントが声高に呪文を重ね、場の雰囲気がまた異様な盛り上がりを見せる。そのとき、ドアが開かれ、男たちが入ってきた。彼らも呪文を口にする。

ゆらゆらと揺れる生徒たちは、自分の服を脱ぎ始めた。一種の催眠術にかかっているのだろう。

ひとり、またひとりと、男に肩を叩かれ、ラグの上へ連れていかれる。

ミランは息を呑んだ。見ていられず、顔を背けた。ティモシーの肩に額を押しつけると、かばうようにしっかりと抱き寄せられる。手を探り握られ、指が絡む。どちらの指も汗ばんで湿っていた。

嬌声（きょうせい）が聞こえ、細い笑い声が響く。衣擦れの音まで聞こえるようで、ミランは寒気を覚えた。外で待機しているはずの捜査班は、いつなったら踏み込むのだろうか。もうすでに行為は始まっている。ヨナスが、マイラントが、ほかの三名が、玩具（おもちゃ）にされてしまう。

あと少し、あと少しだと、ミランは時間を数える。あと少しで、助けが来る。今夜の彼

らは救出される。

焦りが抑えきれなくなり、呼吸が浅くなった。

そのとき、前触れもなく大きな音が響く。ドアが吹っ飛んだのだろう。廊下側から蹴破られたのだ。ミランは飛びつくようにして穴を覗いた。

ライトを構えた捜査班がなだれ込んでくるのが見える。

怒声と悲鳴が入り交じり、ミランはふたたび身を引いた。手探りで椅子へ戻ると、代わりにティモシーが穴を覗く。

「捜査員の人数はじゅうぶんだな。男たちが縄にかかった。生徒も……」

「どうした？」

言葉が途切れたことに気づいて声をかける。

ティモシーは答えなかった。ペンライトをつけて、ドアの内鍵をはずす。

「終わったんだろう？」

問いかけながら、ペンライトを片手に背中を追う。隣の部屋に出ると、むわっと甘い匂いが迫ってきた。

「吸い込まないように」

ティモシーに言われ、シャツの袖ごと肘先で口元を覆う。部屋を横切り、廊下へ出る。

月明かりが差し込み、部屋の中よりも明るいように感じられた。

なにかを考え込むティモシーの顔も見えた。ミランは大きく息を吸い込みながら、白いシャツの腕を引く。

「ティモシー……」

「……ヨナスとマイラントが助け出されるところを、見たか……？」

問われたミランは戸惑った。部屋に点在したラグの、どれへ連れていかれたのかもわからない。顔を見たのも、部屋の中央に集まったときだけだ。

ティモシーの眉が跳ね、ミランの手首を摑んだ。

「この上の、時計塔だ……」

そう言って引っ張られる。

「以前も、飛び降りがあったんだ。その現場だ！」

ミランが知っているのは新校舎からの飛び降りだが、学園内に流布している噂のことを考えれば、本来は旧校舎が舞台なのだろう。

ポケットから取り出した小型のライトの明かりを頼りに、暗い廊下を駆けた。場所によっては外の光がいっさい入らない。

「マイラントも証拠を握られているはずだ」

ティモシーの息が上がる。

「人の手に渡るとなれば、恥じて、なにをするか……っ」

「ヨナスも……?」

寒気が全身を覆い、ミランはいっそうスピードを上げてティモシーを追った。

ヨナスも弱みを握られているのか、それとも、マイラントの道連れにされてしまうのか。

絡み合いながらも、憎しみしか共有していなかったふたりの姿を思い出す。冷えたさびしい関係だが、傷ついた心が寄り添うにはそれしかなかったのだろうか。

ひとりでは命を絶つこともできないふたりを思い、ミランの胸は激しく騒いだ。

哀しいという表現だけでは追いつかない想いが込み上げ、涙が溢れそうになる。

肉欲しか存在しないと知っていて身を委ねたのは、それほどの悲惨さでなければ埋まらない空虚を抱えていたが故だ。

ティモシーがえぐり取った、彼らの純情な恋心だ。弱いからいっそう、深い傷になってしまったのだろう。

時計塔へ続くドアは開いていた。ティモシーは勢いよく中へ入り、らせん階段を駆け上がる。あとを追うミランも、片手を壁に沿わせ、遅れまいと続く。

やがて、少年の声が響いてくる。言い争う声は泣き叫んでいるようだ。不吉な予感がして、ミランは焦った。

最上階は塔に取りつけられた時計のさらに上だ。四方を腰までの柵に囲まれた展望台になっている。昼間なら、壮大な景色が一望できるだろう。

しかし、いまはすべてが闇に落ちていた。半月のおぼろな光では、展望台に立つ少年たちの顔さえ判別できない。

真っ暗闇の中を、彼らがどんな気持ちで駆け上がったのか。ミランには想像もできなかった。マイラントには同情する。ヨナスの愛らしさも認める。

けれど、ティモシーの心は、だれにも渡せない。その気持ちだけは揺るがなかった。

「ぼくは望んでない！　こんなこと！」

ヨナスの声が響いた。

「来るんだ、ヨナス！」

「嫌だ！　嫌だ！　マイラント！」

腕を摑まれたヨナスが身をよじった。しかし、力ではマイラントにかなわない。ずるずると引きずられていく。

「生き恥を晒すだけだ！　あの写真が知られたら……っ」

「嫌だ！　ぼくは、死にたくないっ！」

突き飛ばすようにして押しのけられたマイラントが床へと倒れる。

それを見たミランは、息を整える間もなく駆け出した。引き止めようとするティモシーの指が肌をかすめていく。

マイラントから逃れたヨナスがよろめいた。力いっぱいに押した反動で体勢を崩した少年へ、ミランはせいいっぱいに手を伸ばした。

母親を慕って泣いた顔が脳裏をよぎり、彼の命を失いたくないと願った。指が触れ、奇跡的にヨナスのシャツを摑んだ。柵の寸前で強く引き戻す。しかし、弾みがついたミランはそのまま飛び出してしまう。上半身が柵を越え、足が浮く。ぞっとする浮遊感が全身を包んだ。

悲鳴を上げる間もなかった。世界が色をなくし、月の光の白さが時間を止める。

頭が逆さまになり、落ちていく。

そう想像した瞬間、温かな体温が背中に寄り添った。腰に回った腕が、ミランを強く抱き戻す。

マイラントとヨナスは泣き崩れていた。彼らの絶望が、ミランの胸の奥を揺さぶる。ヨナスはしきりと母親を呼んだ。何度も、何度も。再婚相手に心を奪われた母には届かないと知っていて、それでも届いて欲しいと願う繰り返しの声は悲痛な訴えだ。

ミランはティモシーの腕の中にいた。厚い胸板へ頭をしっかりと抱き寄せられ、汗ばんだ匂いを吸い込んだ。

生きている。だから、だれもが、なにを失ったとしても歩み続けなければならないのだ。

どこへたどり着くのか。

いつかは、愛されるのか。

保証もないままに、孤独の中に放り出されても、自分というものを摑んでいなければならない。

頼りになるのは胸に芽生える小さな恋心だ。だれとも変わらない、人を想う心。

ミランは長いまつげを伏せて、息を継ぐ。

マイラントとヨナスが想いを寄せた相手に、ミランも恋をしている。しかし、彼らとは違うとわかっていた。ティモシーの心はミランへ向いている。

その幸運な巡り合わせについて、考えずにはいられなかった。

異変を察知した捜査班が時計塔へ駆けつけ、ヨナスとマイナントも保護される。

ミランとティモシーは身元をあきらかにして寮へ戻った。ミランは寮監督室の隣にある電話を使い、マイケルへ連絡を取る。ブースの鍵はもちろんティモシーが持っていた。

第一寮に残っているのは、ふたりだけだ。

普段よりも広く感じられる建物の中は静かだが、夏の気配があらゆるところに満ちている。冬ほどものさびしい気分にはならないものだ。

電話のブースに入ったミランは、なかなか受話器を上げることができなかった。ティモシーが先に部屋に戻り、ひとりになったと思う間もなく、激しい脱力感に襲われる。壁にもたれたままで長いため息をついた。

マイラントの泣き声が耳に残り、ヨナスの叫びに胸が苦しくなる。そしてなによりも、この衝撃を慰めて欲しいと思う自分自身の感情に戸惑った。

求めているのは、ティモシーの体温だ。抱き寄せられ、キスを受けたかった。慰めと同情を混ぜて、愛情のすべてを傾けて欲しい。

みんながみんな、孤独で壊れるわけじゃないと諭されながら、ふたりの間にある奇跡的な想いを分かち合いたい。できるはずのないことだと打ち消していたことが、いまになってミランを追い立てる。

受話器を上げて、耳に当てた。今度は、番号が押せない。

マイケルに電話をすれば、どんな悩みでも聞いてもらえる。それはわかっていた。ここから去ることも、残ることもできるだろう。

決めるのは、ミランだ。

それは、ティモシーが訴えてきた通りだった。

『きみが覚悟を決めてくれたら、どんなことをしても道を作る。できないことなんてなにひとつない』

彼の自信は本物だ。ミランを求める気持ちにも嘘はないだろう。

けれど、永遠ではない。身体を繋げば、終わりが見える。愛情もいつかは冷める。

塞がれた孤独はふたたび口を開いて、絶望したミランはきっと呑み込まれてしまう。泣くだろう。マイラントのように。そして、ヨナスのように。

ミランは受話器を元へ戻した。電話をかけず、ブースをあとにする。そのまま寮を出た。村までは遠いが、一本道を下りていくだけだ。

肩越しに振り返ると、寮の建物が見えた。闇の中で、輪郭が確認できる。

込み上げた涙が、頬を伝い流れた。

思い出すのは、ティモシーのことばかりではない。

さざめくような生徒たちの声。朝の光、鳥のさえずり。ニールや友人の、明るく優しい気づかい。取り留めのない雑談。つまらない冗談。

そんなすべてが押し寄せてきて、自分がいかに世間知らずだったのかを省みる。大人ばかりに囲まれ、子どもでいることを忘れていた。

マイケルもマルティンも、それを心配していたのだ。捨てられていたミランがあまりにも愛らしかったので、里親を探すこともできずに事務所で育てたと、ふたり以外の大人も申し訳なさそうに話したことがある。

ミランはまったく気にならず、悲しいとも不幸とも思わなかった。彼らの愛情は、犬や猫に対するものと変わりなかったが、ひとときも孤独でなかったことは事実だ。

しかし、その暮らしも永遠ではない。ミランは二十歳になり、自分の足で立たなければならない時が来た。

事務所へ戻り、エージェントになりたいと願い出れば、却下されることはないだろう。反対されても、結局はだれかが折れて、尽力してくれる。

ティモシーと出会わなければ、ミランはそれでよかった。

背を向けて、歩き出す。もう振り返るつもりはない。芽生えた願いを、両手で押さえつけるように胸の中へ隠し、ミランは歩調を速めた。

これ以上、彼を知ってしまえば、自分の心は耐えられない。

あの温かさに、すべてを委ねてしまい、傷つくことも恐れなくなる。だからこそ、その先の、失う未来を想像してしまう。

自分の足音を聞きながら、やがて走り出す。ミランは気がついていた。自分を追って近づく足音だ。土を踏み、草を踏み、呼びかけてくるのはティモシーだ。

「……ミラン！」

身体の中に声が染み渡り、ミランはもう、全力で走った。捕まりたくないのに捕まえて欲しいと思う自分自身から逃れたくて、息を弾ませた。

「ミラン！」

怒気をはらんだティモシーの声が背中にぶつかる。実際、飛びつかれていた。ふたりして、芝へ転がる。

「ひどいじゃないか！」

のしかかってきたティモシーに、両肩を押さえつけられる。

「逃げる必要なんてないだろう」

「……別れの言葉は、口にしたくない」

顔を背けて答える。

「そんなに震えた声で、よく言えるね……。逃がしたりしない。逃げても、こうやって追いかけるよ。どんな手を使っても、地の果てまでも追っていく。答えを聞くまでは」

「答えなんて」

ミランの声はか細く震えた。

答えなんて、ひとつしかない。

「ミラン。俺は、きみが好きだ。愛してる。……理由はいくらだってある。でも、あんまりにありすぎて……、いまは時間が足りない」

ティモシーの両手が、ミランの首筋に添い、優しく頰を包んだ。まるでガラス細工に触れるような手つきだ。

間近に見える凜々しい顔立ちに、苦しげな表情が浮かぶ。そんなティモシーを見つめるミランの瞳は、星を映したようにきらめいた。

ティモシーの瞳も潤んだように揺れる。

「だから、ミラン。毎日でも、きみに話したい。どこに惹かれて、どこに恋をしているか……。一緒に、未来を探そう」

「未来……?」

まっすぐ、すがるように見つめる。

それは、ミランの心の中にもあった。

初めてティモシーに触れられたときの、乾いた気持ちは思い出せない。あのときは確かに、なにも特別ではなかった。任務のために、年下の男を懐柔するつもりでさえいた。それがどうだろう。いまは全身で頼っている。

依存ではなく、拠りどころだ。ティモシーと過ごす時間は、いつだってきらきらと輝いていた。けれど過度な興奮ではなく、ごく身に添った、安らぎのような時間だった。

「俺だってこわいよ、ミラン。きみの心を満たすことができなかったら、どうしようかと考える」

ティモシーは苦々しく顔をしかめた。

「それでも、きみが欲しいんだ。きみと、一緒にいたいんだ」

ますます苦しげになる表情に、ミランは耐えきれなかった。

奥歯を噛みしめ、両手を伸ばす。ティモシーの頬は熱く火照り、くちびるはわずかに震えている。

ミランには想像できない恐怖が、愛を口にする側にも存在している。永遠の喪失が目の前にあるからだ。受け入れてもらえなければ、手に入れる前に失ってしまう。

「ティモシー、ぼくは」

ミランが口を開くと、凜々しい眉根がきゅっと狭まった。

「いい言葉以外は口にしないでくれ」

「……」

「黙るのもよくない」

「だって……」

ミランは笑いながらティモシーを引き寄せた。背中に腕が回り、上半身がたわむように持ち上がる。のけぞったあご先にキスが触れ、満天の星空が目の前に広がった。

普段は生徒が転がっている芝の上で、くちびるが触れてキスが始まる。

「急に年下ぶらないでくれ」

ミランが言うと、わがままばかりを言うティモシーは驚いたように眉を動かした。

「年上だったのか」

「……わざとらしいな。観念したから、部屋へ戻ろう。ここでは」

ミランが身をよじると、ティモシーは素直に立ち上がった。ミランの腕を引く。

そしてもう一度、身を屈めてキスをした。

部屋に戻ると、ミランはとたんに落ち着かなくなった。

「さっき、電話をかけ忘れていて」

ベッドから腰を上げる。ドアの前に立っていたティモシーに阻まれた。

「往生際が悪いね」

「もう少し、言葉を選んでくれないか。……ぼくを抱くつもりでいるんだろう」

上目づかいに睨みつけると、ミランの肩に伸びていた手が宙で止まる。

「役割を譲ってもらえると光栄だ。どうしてもと言うなら、考えないでもない。しかし、ミランには、気持ちのいい思いだけをして欲しい」

「受け入れるほうが大変に決まっているじゃないか」

「それは、少しはね……」

明るい部屋の中で、ティモシーは爽やかに笑う。

口説き落としたと確信した笑顔ではない。そんな下品なものではなく、心底から上機嫌な表情だ。

「今夜じゃなくてもいいじゃないか」

ミランはわずかな疼きと、胸が締めつけられる感覚を知る。

「今夜でないと、ダメだよ」

ティモシーの手が伸びて、腕を摑まれた。

「俺だって、傷ついていないわけじゃない。ミラン……。マイラントもヨナスも、俺がいなければ、あんな……」

自信に満ちた表情に憂いが差し込み、ミランは慌てて両手を伸ばした。ティモシーの精悍な頰を包む。

「そんなことを考えるな。あぁ、ティモシー……」

言葉が浮かばず、つま先立ってくちびるの端にキスをした。

ティモシーの動揺は本物だ。けれど、自尊心が彼を支えていた。

急激に感情が昂り、ミランは泣き出しそうになりながら、年下の男の首へ腕を絡めた。

ティモシーの手が腰に回る。

ふたりはひとつの塊になり、自然とキスを始める。舌先が触れ合い、水音が立って、どちらからともなく小さく震えた。

互いの間へ手を差し込むと、相手の熱が布越しにもわかる。

ミランはうつむいたままで言った。

「決めた……。いまで……かまわない……」

「本気で答えてる？　納得できるまで、いくらでも口説くよ。途中では止まれないから」

打っている。

「もう、無理だ」

喘ぐように息をつき、あごをそらした。布越しの指の感触にさえ、ミランの分身は脈を打っている。

ティモシーに触れて欲しい。そして触れたい。それが本当の気持ちだ。

「明かりを消すから」

自分のベッドへミランを促し、ティモシーは読書灯のスイッチを入れる。それからドアに鍵をかけ、室内灯を消した。

部屋の中がしんと静まり、心臓のリズムが激しさを増す。

「緊張するね」

ミランのベッドから枕を取ってきたティモシーが言う。掛け布団を剝ぎ、ミランの手を取った。

「慰めてくれるつもり……？」

続けてささやく低い声に甘えるような響きが加わり、ティモシーにも不安があるのだと気づかされる。ミランは首を左右に振った。

「同情じゃない」

ミランは答えた。自分のシャツのボタンを上からはずしていく。ティモシーに裾を引っ張り出され、下からボタンをはずされる。ズボンの前立てもゆるめられた。

「靴を、脱がないと」

下着ごと引き下ろされそうになったミランの言葉に、ティモシーが同意する。ふたりは並んでベッドに腰かけ、それぞれ、自分の靴紐をほどいた。

靴も靴下も脱いで振り返った瞬間、額がぶつかる。ミランはこらえきれずに笑い出し、つられたティモシーも声を上げた。

笑い転げながら抱き合い、口づけ、互いの服に手を伸ばす。

ときどき相手を見つめて、肌の感触に浸った。ミランのきめ細かな肌。ティモシーの張りのある肌。どちらともが、相手を刺激する魅力に満ちている。

旧校舎で見た行為は思い出さなかった。これは、まがまがしい性交ではない。

ただのありふれた、ごく普通の愛情交換だ。

指でなぞり、肌を押しつけ、くちびるで互いを感じていく。

ミランの息づかいはいっそう乱れ、淡い吐息のような声が溢れ出る。

指先の艶めかしい動きに翻弄され、握っている以上の愛撫もできなかった。

「ティモシー。もっと、手加減、して……きみに、してあげられない」

恥ずかしさを呑み込んで訴えると、鼻と鼻をこすり合わせてきたティモシーが微笑んだ。

「いいんだ。これから、してもらうから……」

指が絡み、ぎゅっと握られる。一方で、ミランへの愛撫は執拗さを増した。丹念に形をなぞられ、腰が浮くほどに扱かれる。

「あ……あっ……」

頂点を極めようとする快楽に揺さぶられ、ミランはしどけなく息を引きつらせた。達したいと欲が募る。しかし、愛撫はそこで途切れた。

ティモシーの指先が奥を探ったからだ。ミランの両足の間へ移動したティモシーが枕のそばへ手を伸ばす。

ローションの小瓶が見え、ミランはどぎまぎと視線を揺らした。

いつの間に置いたのかと驚いたが、聞く暇も与えられず、濡れた感触が臀部の割れ目に沿った。

初め、ひやりとして、意識が削がれる。しかも、違和感は喩えようがなかった。ぬめりを帯びた指が入り口を撫で回し、ミランは怖気立つような肌の感覚に戸惑う。

そんな場所を触られたことがなく、どう反応していいのかもわからない。

「ティ、モシー……」

「ゆっくりと、ね……」

初めての行為ではないのだろう。片手でミランの欲望を撫でながら、指先を押し込んでいく。

「んっ……」

異物の感覚に顔を歪めると、指はするりと抜けた。

「息をして……。声、出せる?」

優しいささやきに促され、ミランは大きく息を吸い込んだ。指がトライを重ね、ゆっくりと中へ入り込んでくる。

「あ、あっ……ぁ」

「……ミラン」

呼びかけてくるティモシーの声に興奮を感じ取り、ミランの身体が跳ねる。

未知の感覚を受け入れる姿に、若いティモシーは煽られていた。そして、そんな雄の気配に、ミランもまた激しく興奮を募らせていく。

自分の中に芽生えた欲を受け入れ、すべてをさらけ出して繋がりたいと願う。その気持ちの根本は愛情だ。

「あ、あ……っ、ん……っ」

ローションがさらに運ばれ、ベッドを汚さないよう腰の下にティモシーのシャツが押し込まれる。指は二本に増え、ねじ拡げる抜き差しのたびにいやらしい水音を響かせる。異物で探られる苦痛はなかったが、声を上げてしまうことが恥ずかしい。

戸惑ったミランは、快感へ逃げ込む。中断する考えは浮かばなかった。

読書灯の光に浮かび上がるティモシーは精悍で、そのすべてを手に入れるのが自分だと思う喜びに支配されていく。

「もう三本が入っている……。頃合いだと思うんだけど」

どうかなと伺いを立てられ、ミランは目を細めた。

ティモシーは本当に経験があるのだろうか。それとも……。

疑惑が胸をよぎり、右へ左へと激しく揺れる。

「おそらくは……」

肩で息を繰り返しながら答えると、またどこからともなくスキンを取り出された。用意周到だ。

「もっと……余裕があるつもりだった」

表情を歪めたティモシーの声がかすれ、男っぽさを感じたミランは短く息を吸い込む。身体の奥が痺れる心細さに襲われて、ティモシーの膝を手のひらで探った。

指はすぐに捉えられ、軽いキスを受けたあとでシーツに縫い止められる。

覆いかぶさってきたティモシーのキスはあどけないほど優しく、ぎこちなさも残っている。興奮の暴走を抑えているからだと、ときどき鋭さが走る眼差しで気づく。差し込んでいるのは、淫欲の翳りだ。

本能を滾(たぎ)らせながら、ティモシーは理性の手綱を手放さない。欲望に忠実に生きてきた彼にとっては大変な我慢だろう。

「……余裕なんて、なくて……いい」

首筋をキスで埋められながら、ミランはのけぞった。身体のどこもかしこもが敏感になり、ティモシーの髪のひと筋や、息づかいが触れただけで背筋が痺れる。

「煽らないで」

ふっと笑みをこぼし、ティモシーが上半身を起こす。両膝を左右に割り開かれ、ミランは身をよじった。すべてを晒す恥ずかしさに襲われ、同時に甘くけだるい悦の芽生えに怯える。

ローションで濡れたスキンの先端が押し当たり、丹念にいじられた奥地から勃起した男性器の裏筋までをたどられた。

特に、柔らかく張り詰めた袋部分をずりずりと行き来する屹立のたくましさは淫らだ。淡い恐怖心と、身を委ねる快楽が入り交じり、腕で顔を隠したミランは激しく喘ぐ。

先端はふたたび奥地に戻り、ティモシーの手がミランの膝裏を押さえた。ぐっと圧がかかって、すぼまりが広げられる。

ミランの緊張は最大限に高まり、混乱が訪れた。指で探られるだけなら違和感だけで済んだが、思いもよらない大きさを押し込まれて驚いたのだ。

「あっ、いや……っ」

入るわけがないと思った。とっさに手を伸ばし、ティモシーの腹を押さえた。

「無理だ……、こん、な……っ」

先端も入りきらないうちから、音を上げる。

「無理……、ティモシー……」

震えながら見つめると、ミランを組み伏せようとしている男は微苦笑を浮かべていた。太く男らしい眉は歪み、欲望の猛りが瞳の奥でギラリと光る。

しかし、すべてを隠して微笑んだ。

「ミラン……」

身体が押し戻され、腰がまた進む。どんなに理性的に振る舞っても、ティモシーの下半身は正直だ。ミランを求めて先を急ぐ。

「あぁっ……」

ミランは声を上げて枕の端を掴んだ。スキンに包まれている怒張が、初めての身体を貫いていく。

息が詰まり、喘ぎもかすれ、表情は強張った。先端が肉環を抜けただけのことだが、ミランにとっては串刺しにされたような衝撃があった。

しかし、それだけではない。もっともミランを狼狽(ろうばい)させたのは、初体験の怯えを凌駕(りょうが)する感覚が存在したことだ。たくましい肉杭(くい)で処女地をえぐられ、恐怖しかないはずの身体は喜びを覚えた。

下腹を突かれる苦しさも快楽だ。息が乱れて、甘い声が漏れる。

「ん……、んっ、ぁ……あぁ……っ」

細くまぶたを開いたミランは、まだティモシーが動いていないことに気づいた。差し込んだきり、じっと待っている。それが彼の優しさだ。

見つめる瞳には野性が宿っているのに、不躾に貪るようなことはしない。

肩を上下させながら深呼吸を繰り返し、ミランと同じように、慣れない苦しさに耐えている。

「あぁ……」

声を出せば内側に響いてしまう。だから、名前を呼べずにティモシーを見つめた。

「苦しいだろう……」

詫(わ)びるような声はひっそりとしていたが、それさえもダイレクトな刺激になる。

「んっ……」

ミランのすぼまりが収縮して、耐えているティモシーを締めつける。すると、昂りが跳ねて摩擦が生まれた。

ふたりは同時に呻き、そして笑った。ひそやかに甘く、秘密を分け合って互いに溺れていく。ミランは手を伸ばし、ティモシーを求めた。

近づく上半身を抱き寄せ、くちびるを重ねる。舌先から触れて、したたるような唾液をもらい受けた。

身体が大きく震えて、弛緩の瞬間を狙ったティモシーが腰をゆすった。差し込まれたものが前後に動く。

「んっ、は……ぅ……」

のけぞりながらこぼれ落ちたのは、あきらかな嬌声だ。ミランでさえ驚いたが、もう止めることはできなかった。

ティモシーの腰はゆるやかに動き、大きく足を開いて受け入れるミランのすぼまりを刺激した。

「あっ、あっ……」

「ミラン……、ミラン……」

のしかかってくるティモシーの腕が身体の脇にあり、切なく呼びかけられるたびに汗が落ちてくる。必死になって快楽を得ている姿には、凄絶な色気が滲む。

そして、ミランだけが知る、年下の懸命さも混じっていた。愛されている実感が身の内に募り、ミランは両腕で彼を抱き寄せた。

重さを胸に受け止め、一緒になって腰を揺らした。

互いの身体は汗に濡れ、そして、淫らな水音が下半身に吹き溜まる。

「あぁ、ティモシー……。いい……、こんな……っ」

生まれて初めて知る興奮と快感は、めくるめく愛の戯れを呼び込み、挿入のときの怯えは跡形もなく消え去っている。

濡れたブルネットの髪に指を差し込み、悶えるようにかき乱して顔を覗き込む。ティモシーの瞳が情欲に燃え、ミランもまったく同じように乱れ燃えている。

深く重ねたくちびるに、喘ぎを奪われ、ミランは浮遊感に襲われた。酸素が薄くてなにも考えられず、それよりも、もっと強く確かな繋がりを求める。

「いい……、いい……っ、あぁ……、すごい……」

こんな声が出せたのかと自分でも驚くほどの甘い声を発して、ミランは片足をティモシーの腰へ絡める。引き寄せて肌を撫でる彼の手つきは情感たっぷりだ。ミランはまた悶えた。

汗ばんだ肌も、乱れる吐息も、あられもなく動く互いの腰つきも。なにもかもが愛おしくて、胸が張り裂けそうになる。

「ミラン、俺が好き……？」

ふいに耳元にささやかれ、ミランの腰がぎゅっとティモシーを絞り上げた。呻きながら片目を細める凛々しい顔立ちを見つめ、ミランは何度もうなずく。

「好き……。好きだよ」

答える声が存外に子どもっぽく響き、互いの頬をすりつけ、額を合わせ、鼻先でキスをする。

ティモシーの腰が大きく動き、ピストンが激しさを増す。

「あぁっ……。あぁ……っ」

責めがきつくなったが、ぬめりの行き渡ったすぼまりは、初めから濡れる器官だったかのようにティモシーを受け入れる。

それでも、初々しさは消えず、若い肉杭を食い締めていく。

「ミラン……、もう……」

苦しげに呻いたティモシーの動きが性急になり、ミランは受け入れてうなずいた。それでも乱暴に扱われることはない。

ティモシーは気づかいを失わずに腰を振り立て、翻弄されて喘ぐミランに包まれたまま絶頂を迎えた。膨張が弾け、深々と突き刺さったものが小刻みに跳ねる。

ティモシーがひと息つき、同じように肩で息するミランの分身を握った。身体に収まったティモシーはまだ萎えていない。それを感じながらの愛撫は不思議な罪悪感を伴い、ミランはぎゅうっと目を閉じた。

先走りで濡れた先端がこね回され、硬く、熱く、張り詰めていく。

「あ、あっ……」

射精欲求を覚えるまで、時間はかからなかった。それでも、たっぷりと時間をかけて刺激される。

　脈を打って腰が跳ねると、すぼまりも収縮を繰り返すのか、ティモシーもまた新しい快感を得ているように見えた。

「んっ……ぁ」

　ミランはぶるっと震え、くちびるを開いた。

「もぅ、もぅ……あぁ、だめ……」

　切なく訴えると、なにも言わずに促される。激しく手筒で扱かれ、ティモシーの手の内に精を放つ。

　身の内に男を収めたままの射精は、ミランに危うい倒錯の悦を刻む。しかし、背徳の後ろ暗さはなかった。すぐにキスをされたからだ。

　鎖骨の上にひとつ、胸元にふたつ、そして、くちびるにみっつ。

　甘く軽やかな恋人のキスに、ミランは恥ずかしくてたまらなくなる。けれど、ティモシーはまだ離れるつもりがない。

　ミランを抱き寄せ、枕の下からふたつめのスキンを取り出す。

「もう一度だけ」

　凜々しく精悍な顔つきをして、ティモシーは色っぽくねだる。

　ミランは翌日のことを考えたが、断れるはずがなかった。

初めて出会った恋に、心も身体も骨抜きにされている。

そして、それがたまらなく愛おしかった。

＊＊＊

朝の光が、風にそよぐカーテンの隙間から差し込んでいる。

暑さで目を覚まし、ミランは首元の汗を拭った。隣に転がっている熱源体はティモシーだ。寝返りを打つと、彼はもう目覚めていた。細めた瞳に柔らかな笑みが浮かんでいる。

「ずっと、見ていたの？　人が悪いな」

「ついさっきだよ。きみが暑いと言って暴れるから」

笑いながら言われ、ミランは身体を起こした。身体のあちこちが痛み、無理を許した自分を恨んだ。

昨日のうちにシャワーを浴び、すべての後処理は済んでいる。それでも、こじ開けられた腰奥の部分には違和感が残っていた。

「……ミラン。もう一年、ここに残るだろう？」

タオルで身体を拭いていると、ティモシーの指が上から下へと滑り落ちた。

あえて話題に持ち出さないままで眠ったことを思い出し、ミランはうつむく。

「なにが問題？　一緒に考えさせて」

下着だけを身につけているティモシーはズボンに足を通し、床に降り立った。向かい側のベッドからミランの衣服を運んでくれる。

「上司に、相談をしないと……」

おそらく、マイケルは認めてくれるはずだ。彼らの思惑の中には、ミランにごく普通の暮らしを与えたいと願う気持ちがある。

「ミランは、この仕事を続けたいの？　続けたい気持ちがあって答えが出せないなら、きみのしたいようにするのがいい」

足元にしゃがんだティモシーは手放しに明るい笑みを浮かべ、ミランの膝に手を置いて言った。

「インテリジェンスの世界は面白そうだ。俺も一緒に勉強しよう。それから、ミランに、こっち側の世界も見せてあげたい。金と名誉と肩書きと、ろくなものがなくてうんざりできる……」

そう言って、両肩を引き上げた。シャツを手に取り、袖を通しながら窓辺へ寄る。ガラス窓を大きく開け放った。

風が爽やかに吹き込み、汗が引いていく。

「ティモシー、彼らは、ぼくにとって家族なんだ」

言いながら、ミランは眩しさに目を細めた。

素肌にシャツを羽織った男は、美術館に飾られた彫刻よりも凛々しく美しい。それが自分の恋人だと思うと、胸の中が喜びでいっぱいになった。

「……あぁ、ミラン。こっちへ来て」

外を眺めていたティモシーに手招きをされる。

シャツをズボンの中へ押し込んでいたミランは、手早く身なりを整えて近づいた。

「彼も、きみの家族だろう」

ティモシーが言ったのと、森のそばに男の姿を見たのはほぼ同時だった。思わず窓から身を乗り出したミランを、ティモシーが後ろから抱えた。

「危ない……。きみは、思いきりのよすぎるところが……」

「ティモシー。待ってて。会ってくるから。話をしてくるから」

ひと息に言って、ミランはドアへ駆け寄る。

「ミラン！」

ティモシーの声に呼び止められ、ドアを開いたままで振り向いた。

「俺を、愛してる？」

窓辺に立つ色男は、少し心配そうに聞いてくる。ミランは答えずに微笑みだけを残して駆け出した。

廊下を突っ切り、階段を駆け下りて、一目散に裏口へ向かう。ドアを蹴破る勢いで開けると、松葉杖(まつばづえ)二本で身体を支えた大男が驚いたように目を丸くした。

「やぁ、ミラン」

笑いながら、松葉杖を振ったのはマルティンだ。

「もう、いいの？」

ミランが駆け寄ると、照れくさそうに顔を歪めた。

「殴られた頭より倒れたときに痛めた足がひどい。しばらくリハビリ生活だ。昨日、マイケルに連絡をしなかったんだろう。わざわざ派遣されたんだ。これ、預かりもの」

差し出されたのは、一通の手紙だ。差出人はマイケルになっている。

便せんを抜いて、内容を確かめた。その間にもマルティンは会話を続けた。

「俺を襲ったのは、教師のブラントだった。彼は警察に引き渡された。新しい教師も見つかったらしいから、学園はなにごともなく新学期を迎えるよ。子どもたちは療養することになった」

マルティンの言葉に、ミランは顔を上げた。手紙を自分の胸へ押し当て、まっすぐに彼を見る。

少しやつれて見えたが、以前と変わらず元気そうだ。

ミランの視線に、深くうなずいた。

「きみはまだ二十歳だ。ギムナジウムを出て、大学へ進んでもいい。どこで、なにをしてもいい。……俺たちを家族だと思って、たまには顔を見せてくれるなら」

マイケルの手紙の内容と同じことを言い、マルティンは照れくさそうに眉を引き上げる。

ミランはぎこちなく微笑んだ。油断すると、泣いてしまいそうでこわい。

「見せるよ、もちろんだ。休みのたびに会いに行く」

「仕事で出ていなければいいんだが」

マルティンは満面の笑みを浮かべ、またうなずく。

手紙には、立派なエージェントであることを認めると書かれていた。けれど、もう少し、世間を知る必要があるとも。

ミランは勢いよく踵(きびす)を返し、開け放たれた窓に向かって大きく手を振った。

窓枠にもたれたティモシーも手を上げる。それから、身を乗り出すようにして叫んだ。

「さぁ！　どうするんだ！」

明るい声が響き渡り、ミランは胸いっぱいに空気を吸い込む。笑顔が溢れて止めようがない。

ティモシーは、ミランを求めている。きっと、どこまでも追いかけてくれるだろう。

そばにいても、いなくても、これからもずっと。

それを信じること。それこそが、愛だ。

「……きみを、愛してる！」

叫び返して答え、マルティンを肩越しに見た。

「彼がぼくの恋人だ」

驚く顔にいたずらなウィンクを残し、ミランはまた寮室まで駆け戻った。

ドアを開くと、両手を広げたティモシーが待ち構えていた。栗色の髪をなびかせて、ミランは彼の腕の中へ飛び込む。

「ぼくはここに残る。自分の人生の先を、きみと考えていく」

つま先立って、恋人の頬にくちびるを押し当てた。

驚いているティモシーの瞳は、ミランだけを映す喜びに潤んで、キラキラと輝く。

色男の魅力が二割も三割も増して、ミランの心は切なく締めつけられた。

「きみの、本当の名前は？」

ミランの栗色の髪を、そっと耳へかけるように撫でつけ、ティモシーが身を屈めた。

「フロリアン・ランゲ」

息を切らして答えると、年下の恋人はいたずらっぽく微笑んだ。

「この名前は、しばらく、ふたりだけの秘密にしよう。俺だけが呼べる名前があるなんて、素敵だ。ミラン……、俺のフロリアン」

くちびるが重なり、ミランはせいいっぱいに伸び上がってしがみつく。背中を抱きすくめられ、片足が跳ね上がる。

窓から流れ込む夏風が、ふたりの幸福を祝うように、爽やかな樹木の香りを運んでくる。

学園を取り巻く緑の森。

湖畔の木陰。きらめく日差し。アーチを彩った夏薔薇の色。

ひとりはひとりに出会い、ふたりになった。

忘れられない、夏の日と共に。

これが、彼らの出会った季節の話だ。

あとがき

こんにちは。高月紅葉です。

本作品を手に取っていただき、ありがとうございます。

静寂な森に囲まれた寄宿舎。

未熟な青少年のこじれた自意識。

構想の段階ではかなり王道な設定を詰め合わせたつもりだったのですが、出来上がったものを眺めていると、どことなく変化球な作品になった気がしています。

でも、やっぱり、王道のような……。

この物語は、彼と彼が出会い、惹かれ、これから深く愛し合っていく、その入り口部分のような気がします。

友情と恋愛が隣接した、本当にささやかな始まりの瞬間のお話。

主人公たちの年齢も関係していると思うのですが、普段は愛について描くことが多いので、本作を読み直すたびに、はがゆく不思議な気持ちになります。肉体関係はあるけれど、友愛の域を超えないですね。

みなさんは、どうお感じになったでしょうか。是非、お聞かせください。

最後になりましたが、本作の出版に関わった方々と、出会って下さったあなたに心からのお礼を申し上げます。

ほんの一瞬、見知らぬ世界を旅していただけたなら幸いです。

また次の機会にも恵まれますように。

高月紅葉

本作品は書き下ろしです

高月紅葉先生、九鳥ぼぼ先生へのお便り、
本作品に関するご意見、ご感想などは
〒101-8405
東京都千代田区神田三崎町2-18-11
二見書房　シャレード文庫
「小鳥たちの巣　―新米諜報員と寄宿舎の秘密―」係まで。

小鳥(ことり)たちの巣(す)　―新米諜報員(しんまいちょうほういん)と寄宿舎(きしゅくしゃ)の秘密(ひみつ)―

2021年8月20日　初版発行

【著者】高月紅葉(こうづきもみじ)

【発行所】株式会社二見書房
東京都千代田区神田三崎町2-18-11
電話　03(3515)2311［営業］
　　　03(3515)2314［編集］
振替　00170-4-2639
【印刷】株式会社 堀内印刷所
【製本】株式会社 村上製本所

落丁・乱丁本はお取り替えいたします。
定価は、カバーに表示してあります。

ISBN978-4-576-21117-6

https://charade.futami.co.jp/